时代精神　Spirit of the time

**三联国际**
**JP International**

由北京、香港和上海三联书店共同创办于2012年，
致力整合两岸三地资源，打造具国际视野的多元文
化传播平台。

Co-founded in 2012 by JP Beijing, Hong Kong
and Shanghai, JP International is dedicated to
the establishment of a diversified communica-
tions platform with an international perspective
through the aggregation of resources in the
Greater China area.

不存在的旅行

柴路得

三联书店

S i l e n c e

献 给 我 最 亲 爱 的 沉 默 的 爷 爷

序一

## 跨越地域　实现梦想

年轻人拥有澎湃创意，但若不加以实践，再精彩的点子，也只是徒然。我一直鼓励新一代要敢于想象、敢于实践，哪管结果如何，唯有愿意踏出第一步，才有机会迈向成功。新鸿基地产积极回馈社会，一直本着以心建家的精神发展优质物业，多年来致力推广阅读及全人发展，透过举办"年轻作家创作比赛"，助有志创作的年轻人实践梦想。

新地与香港三联书店合办的"年轻作家创作比赛"已踏入第四届，这个比赛鼓励了逾五千五百位有志写作的年轻人，在创作路上付诸行动，透过参与，他们认真地构想如何完成一部著作，过程中得到的经验，希望可以成为他们日后在创作路上的启蒙。

无限的创意，跨越地域、无分界限，第四届"年轻作家创作比赛"突破地域疆界，首次号召内地与香港两地的年轻人一同参与。今届参赛情况踊跃，从作品当中我们看到两地的青年，都怀着同一样的梦想，却有着多元的文化视野，合力写出新一代对社会和世界的期盼。他们凭着敏锐的触角、独特的视野、细腻的笔触，透过文字、图像及多媒体等不同的表现方式，发放出一股青春的正能量。

二〇〇五年，乔布斯在斯坦福大学的演讲中，说了句今天已成经典的"求知若渴，虚心若愚"（Stay Hungry, Stay Foolish），我常常把这话记在心上，也常常把这个想法和同事分享，我希望新鸿基地产所有同事都怀有终身学习的精神，也希望借着推广阅读和全人发展的活动，把这个"好学精神"传扬开去。今次的参赛作品，让我看到两地年轻人对时代的观察、对社会和国家的抱负，叫我深感欣慰。

最后，很感谢香港三联书店多年来，与新地一同为文坛培育新血而努力，更多谢评审们在过去一年与入围者在创作路上同行，让创作的热忱继续薪火相传。

**郭炳联**

新鸿基地产主席兼董事总经理

序二

**异彩纷呈 创意无限**

自二〇〇六年三联书店（香港）与新鸿基地产合办"年轻作家创作比赛"
以来，每届（两年一届）均吸引了不少参赛者参加，仿佛已成为年轻人
跻身出版的一个平台。由于体裁、形式及字数不限，而且特别鼓励参赛者
用他们擅长的方式进行创作，因此参赛作品便显得很不一样，充满个性，
让人充满期待。

过去三届的得奖作品有诗集、散文、小说、图文书、图文＋CD、立体书及
绘本等，不一而足。值得庆幸的是，题材中有不少是填补空白之作，如弱
视人士、渔民、屋村孩子及投资银行经理等的生活；也有第一次出书水准
便非常高，叫人刮目相看；也有在获奖后仍不断创作，已成为两岸三地只
此一家的代表性作者。这些成绩已远远超出了当初单纯鼓励创作的初衷，
而成为新作者及未来出版形态的储存库及先锋队。

本届我们更进一步把比赛的范围从香港扩大到内地，让内地及香港两地
的年轻人，在同一舞台上比并、交流，意义重大。没想到的是，跨越文学、
绘画、电影、舞台及音乐等界别的两地评审：小克、李仁港、林奕华、胡
洪侠、陈丹燕、邹静之、张亚东及张悦然，也因此而熟络起来，彼此观摩
对方的创作，并期待日后的合作。

作为"年轻作家创作比赛"主办方之一，我要特别感谢新鸿基地产多年
来给予的支持与信任，无论是资源及人力上。感谢所有曾担任评审的创
作人，他们愿意在繁忙的工作中，抽出时间及精力，为年轻人担任创作顾
问，功不可没。也要感谢三联国际（由北京、香港及上海三联于二〇一二
年成立）的团队，在简体版及活动上出力。

最后，我也想向历届参赛者表达谢意，是你们的认真对待、废寝忘餐的投
入，满载的激情及才华，成为我们办下去的原动力。

**李济平谨识**
三联书店（香港）有限公司总经理

序三

## 哪怕时光恍然

柴路得说要我写这篇文字的时候，我刚刚在一个漫长的昏睡中醒来。她巧妙地营造了一种不容推辞的温情气氛，于是我只能假装把内心的惊吓变成对话方框里的惊喜，回复说："真好，这是我第一次给人作序啊"。

其实我想说的是：你还真下得了狠手啊，姑娘。

此后她一反查根问底儿的常态，很克制地并没有问我要写什么，直到有一天假装淡定地声明说：并不怕我写她坏话。大陆课本里最常见的那句话怎么说来着？好比黑夜中一道照亮前路的闪电，我在瞬间找到了这篇文章的意义。而且就算写得尖酸无比，想来她也不敢如何，谁让我是她在报社的实习老师呢。

那时候她是一个安静的大三女生。只来了几日就被评价为业务熟练、靠谱无比，颇得实习老师们欢心——这在这家以要求苛刻著称的报社实属难得；再加上笑起来总带着些许温婉的春色，估计也颇得男实习生们的欢心。

后来我知道了更多她的故事，知道她是无根的"三线子弟"（三线建设是指上世纪六十年代开始几百万工人和知识分子到大陆中西部省份进行工业建设），大学时做过一份颇为独立的学生报纸，也跟一群年轻人办过像模像样的青春电台，在二〇〇八年的北京奥运会中还是一群志愿者的领导者——我看过一张蹙眉照，颇具团学干部风范。

不过一切看起来也并无特别，她实习的这家报纸从记者到实习生都是一群表面谦和内心鼻孔朝天的人，骄傲和自恋哪怕在自嘲的时候都掩藏不住。可柴路得同学不动声色地树立了自己的独特气场，并最终获得不可摇撼的地位——你很少看到一个文科姑娘可以同时做着好几个不同线头的事而不会脑痉挛。

奔跑似乎是永远的主题，她像一面呼啦啦的小旗一样在北京各处和全国各地游荡。她热情而善良，有着各种非常性情的朋友，尊重别人的每一次托付，颇具侠名，以致每次从外地回京都会引来一场年轻人的聚会。但是我从来不为这些表象迷惑，因为她会在不知不觉中向你敞开心灵，也会在不动声色时获悉别人的难言秘密——这个天分在如今这本书中显露无疑。

柴路得本科毕业之后，没去读研没去留学更没去工作（好符合她的风范），而是决定参加一场漫长而喧嚣的旅行，跟一群来自世界各地的青年人到世界各地去，听起来像一个马戏团在骄傲地巡游，而她就是某个到处瞎逛的"卖花姑娘"。

我对她的选择毫不惊诧，唯一担心的是这个一看到可爱孩子就走不动路的多情少女，会把异国花朵的脸蛋捏来捏去，全然不顾旁边妈妈的脸色。直到看到这本书，我才发现，我仍低估了她狡黠的好奇心——在这本书中，她变成了一个观察者，因为特殊的兴趣，装作不经意的样子，摘取一段段"沉默者"折射的人生。

我当然不信。

在我看来，每个人，都对跟自己一样的人最敏感——只有人群中那个像自己的陌生人才足够让你吃惊。而她，我猜想，看到这些"沉默者"时，难免会感到亲切，因为她也曾经是一个那样的人——未必是孤独，但却肯定是与别人不同——好比她在小城攀枝花，作为外来的三线子弟，一个"会讲普通话的孩子"；好比她在北京求学，作为一个"不会说四川话"的四川人，在别人眼中的不同一样。

书稿中她写了这些并不孤独的沉默者，而沉默的底色中你也能看到她想赋予的每个沉默者的生命亮色。翻看这些书稿时我会不由自主地想起许巍写给老狼的《晴朗》："我那总沉默的朋友／你让我感觉到力量／曾在我心中的伤口／如过眼的云烟。"

晴朗的沉默，这是我对这本书的感觉，或许也是她对自己某段人生的印象。

其实，认识这么长时间，我一直没有讲出自己对她的羡慕，羡慕她在年少时做了很多有意思的事，然后岁月渐长，依然借着这惯性，明目张胆地按照自己的喜好，做更多有意思的事，别人也觉得理所当然。而大多数人，比如我，因为在年轻时只做了常理中所谓正确的事，所以只好咬牙继续做下去，否则一旦跟自己过去的时光翻脸，当初那些正确，就都没有了意义。

不过有些时光，总要面目全非的。

不久前的一天深夜，在北京吃货云集的簋街路边摊上，我请客，三个人在吃完一堆七块钱一个的麻辣小龙虾后（人民币，不是港元更不是新台币啊），她在昏黄灯光下闪亮着眸子跟我说：马老师，话说虽然我叫你老师，但你要清楚，其实我们是一代人。

我在心里叹口气，知道这世道终于还是变了，曾经含笑不语的姑娘，早已经穿著火红的小旗袍走在世界的大道上。

虽然大多数美好的祝愿终将变成幻影。在这篇序言的结尾，我仍旧会习惯性地眯起眼睛，假装冷光四射。然后挥挥手对她说：走吧走吧，回到你的路上去吧，继续去假装观察和记录，在别人身上找到自己的影子，然后偷偷一笑。哪怕，时光恍然。

**马昌博 @ 北京**

河北人，时政记者，现在编一本叫《壹读》的新闻杂志。

写过太多赋予意义的文章，但认为这都是胡扯的，

因为我们活在人间不是为了有意义，而是为了有意思。

序四

## 世界多小啊

攀枝花，一座因为拥有丰富的矿藏资源，硬生生造出来的城市。柴路得跟我解释为什么身为四川人的她，四川话说得却不好："因为我从小身边全都是来自外地的人。"我想起王小帅导演的电影《我十一》，那个故事也发生在四川，山里有个"小联合国"（柴路得在这本书内也用过这个词）。柴路得说，小时候有段时间，她的家乡来过德国专家。我幻想那个场景，漂亮单纯的小女孩，瞪着眼睛看着老外，听他讲外面的故事。柴路得告诉我，她从小也没有什么"故乡"感。我说："这不坏，容易成为世界公民。"因为我也是这样的人，不知故乡何乡。

与我在内地见过大多数"早衰"的年轻人不同，柴路得很有活力。我不是说，内地的年轻人缺乏奋斗的精神。不是的，他们都很勤奋。迫于艰辛环境的影响，内地年轻人或许是我见过最努力、最焦虑、最上进的。我是说，如今大多数内地的年轻人，都在太小的年纪，变的不敢做梦，过于实际，太早为生活所累。

这时代对"好"的定义，或许是有史以来至单一的。上学考高分、工作高收入、娶／嫁的人有地位……总之，年轻人追求的一切都是看得见的确切数字。但是我很高兴听说，柴路得曾在大学里用了很长一段时间，参加了一个国际社团，去服务世界上一些你永远不会认识的人。这样做，不会给你带来什么看得见的好处。甚至，如果你懂得"算计"的话，会发现自己比其他同学在中国的时间短了，建立人脉关系的机会少了，得不偿失。但柴路得跟我说，她只是想走出去而已。

这种想要"出走"的想法，在今天"大国崛起"的中国，注定是越来越少的。今天，仿佛所有人都觉得这个国家够好了。只要拆迁的铁锤一天不砸向自己，都是不用担心的。每年上升的出境游人数，大多也只是觉得外国有些便宜的东西比在中国买划算，于是争相办护照——这和以前的"盛世"时代是多么不同。

我曾在台北的故宫博物院流连忘返于一幅巨大的《海错图》。

《海错图》的作者，是康熙时期的画家聂璜。他在画中介绍说，前半生他游历四方，尤其在中国南部的海边驻留许久，听过见过不少有趣的海洋生物。后来回到家中，着手将这些稀奇古怪的海洋生物画下来。根据画作来看，不少生物应当都来自"传说"。有趣的是，聂璜对这些生物的解说别出心裁。例如，他说海里面有些螺类，螺肉长大后会变成螃蟹。我看了会心一笑，聂璜说的其实不就是寄居蟹吗？只是他没有看到寄居蟹住进螺壳而已。又如，聂璜说有些虾长大以后会变成蜻蜓。可以想象，他只看到蜻蜓点水产卵，却无法解释那卵怎么长成蜻蜓，便以为虾是蜻蜓成长的其中一个环节。我在《海错图》前看了足足几个小时，把每个字都认真读了一遍。令我感动的是，看得出那时的中国人，是多么渴望了解外面的世界；出走的中国人，又是多么渴望把耳闻目睹告诉无法出走的同胞——仿佛这是一种使命，完全没有人逼他们做这些"亏本"的工作。

这传统得以延续到近代。民国时代留洋归国的知识分子，无论留美的胡适，还是留日的鲁迅，或留欧的钱钟书，哪个不是世界的信使呢？直到上世纪八十年代改革开放初期，出国的中国留学生身上同样背负着这样的使命。一封封家书，就是一本本《时代杂志》。直到廿一世纪，这种传统戛然而止。中国人难道真的以为，可以去香榭丽舍大道上买个名牌，就算了解世界了吗？聪明的，不要以为双脚踏上了世界，就等于真正了解世界。能在外国走一圈，找到好吃、好玩、好睡的，这没什么大不了。如果把一头猪送到外国，它也一定会找最舒服的地方睡，找最好吃的东西吃，如果它会用钱的话，我相信它也会买价廉物美的东西。人之异于猪者，不在于会自己买机票，乃在于识见——你是否能看到繁华世界背后的本质。非洲不仅是野生动物天堂，同时也是种族屠杀地狱——后者，你看得到吗？

幸亏有柴路得这样的年轻人，让人感到吾道不孤。她在这本书中，写了太多我此生或许都没有机会去了解的故事。阅读之快乐，就是让人可以在最短的时间内，花最少的精力，间接获得最多的知识。康德一生也没有离开过他家乡柯尼斯堡方圆四十公里的范围，仍旧不妨碍他成为通晓寰宇的伟大学者。成为学者或许并不太难的，秘诀就是永远不停谦卑地"学着"。感谢柴路得，为我们写出了这些故事，让我们的生命得以因丰富而延长，也为我们节省了不少旅行的钱。

我与柴路得走在骆克道上。"你知道吗？"我指着北方说，"这里以前是海边，我们看到的这些高楼马路，都是填海填出来的。过去，英军在这里登陆，所以这里有海军俱乐部，就是这片红灯区的位置。"柴路得一边听，一边摆弄着她的背囊带，眼睛顺着我的手左顾右盼东张西望，感觉好像《龙的传人》里第一次来香港的周小龙——她总是那么有兴趣知道关于香港的点点滴滴，否则，她怎么会千方百计深入香港边境禁区一探究竟？然后，我们走入香港的负海拔，在地铁里互道再见。与多数朋友说道别，我都心想，总有一次"再见"会是"再也不见"。但这样的事情，仿佛永远不会发生在柴路得身上。别忘了，我们可是"世界公民"，世界多小啊！

**许骥@香港**

《明报》世纪版记者，青年作家，书评人。
想做个东奔西走人，写过几本南腔北调书。

序五

## 沉默，这条潜伏在我身上多年的黑狗

老实说，当我接到写序的"任务"时真有几分惊讶。除了不确定自身经历能否与书中主题沾边外，笔墨与身份的重量确实压得我有些喘不过气。不过也借由给柴路得写序的这次机会，让我开始有机会审视我自己的过去与角色。

我想，书中"失语"的概念，每个人都或多或少在某种程度上经历过，只不过有些人是一直处在这种状态下生活着。对我而言，这样的一种生活状态其实早已不陌生，虽然说不上很熟悉，但它早已客观地存在着，只是我没有认真的去理解过罢了。

### 身份的重量

从台北到新竹，又从广州到北京：由于求学的需要，我不停地转换生活的城市。这样的经历直接导致了"你是哪里人？"成为我与任何陌生人交谈时最容易聊到的话题。

一米七多的身高配上不怎么深刻的脸庞轮廓，操着时有时无的卷舌音，其实连我自己都开始疑惑自己的身份。对北方人而言，我那不完全的儿话音是他们分辨"敌我"的最好特征，他们闭着眼睛都能猜到我来自南方，而非其族类。对广东人而言，虽然他们没办法透过外在条件直接辨识出我是否为同类，但在我那半吊子的广东话破空而出后，他们脸上就会闪出一丝诡异的表情，便开始用普通话与我交谈。

但最悲惨的不只如此，当我回到台湾时，最让我觉得悲伤的是除了认识我的人外，几乎没有陌生人默认我是台湾人了。当我与出租车司机、餐厅老板甚至是7·11店员交谈时，他们无不把我当成来台湾玩的观光客。当我很着急，不得不用台语"验明正身"时，他们才会打趣的说："听你的口音那样，还以为你是大陆来的呢！"

### "失语"，成为某种必需

然而，在内地十年的时间，我改变的不仅仅是口音，也练就出了一身随时"失语"的能力。当内地居民知道我的台湾身份后，许多没能忍住内心好奇的人都会问及我对敏感政治问题的看法，不仅老师、同学和朋友，就连校内修门锁的修理工也不会放弃这样美好的提问机会。

但其实，他们绝大多数也只是希望透过这样的机会来好好表现一下政治课所学，并将老师曾教导的概念，循循善诱传输给我。不过，令人惊叹和"值得赞许"的是，这些人的口径几乎完全一致，一字不差，可见教育之扎实。刚开始遇到这种问题，我还会委婉地表达些自己的看法，当时间久了后，我觉得沉默和迎合是最省力又最不容易造成矛盾的选择；对我而言虽说了些违心话，但可以让与我交谈的人很有成就感，既然如此，何乐不为呢？

沉默，渐渐从我的可选项变成必选项。

除此之外，我也越来越不喜欢谈论关于台湾的一切，更不会在人前对台湾与大陆进行比较或分析；因为我不希望本来就不存在的高傲或自豪变成现实。

台湾与大陆在一九四九年后走向了两条截然不同的道路，社会体制与生活状态都有了很大的差异。当谈论到这样的话题时，本来就需注意存在于其中的敏感和语言地雷。相同的，我也很清楚，很多时候，避而不谈就是最好的选择。这是一个最安全又最不花脑筋的选择。

对我而言，这样的失语好似一种自我选择的过程，也是经由我一次次经验之旅，累积而自我控制的结果。

黑狗，在言语破碎之处

在一次因缘际会下我认识了柴路得。在她娓娓讲述自身经历时，一种不可思议的熟悉感流遍我全身，很意外的，两个不同成长背景的人却能如此契合，并都能感同身受。

这书，终于在她关怀世界的热情与责任感不断驱使下完成了。当阅读过柴路得的书稿后，我发现每个故事主角都很有共通点，但又完全不一样。我承认我很喜欢《树上的马克思》，因为主角的经历也与我有些默契上的重合，让我不时能回忆起自己的一些遭遇。最近我一直自嘲自己是"四不像"，这种在我小学参观动物园时一直嘲笑的生物，现在反而成为我最佳的代名词。

虽然，我坦承自己不喜欢那种被推入时光洪流的身不由己，但这的确能让我真实的感受到自己的存在，那种有血有肉的兴奋，那种好几年来都不复存在的悸动，让我能再次复习自己的模样。虽然我不至于去遮掩自己的身份或抵抗融入周遭群体，但那种认同的模糊逼得我不得不选择沉默。沉默这只大黑狗，说穿了就是用来保护自己的防御机制，在破碎的语言后头，其实躲藏着一颗被驱赶的心。

它，是我心灵的最后一道防线。

对我而言，沉默绝对不是一种抵抗，不是一种认同，也不是一种遮掩；而是种最省心省力的生存态度，一种自我控制的无奈选择。克莱尔说过："说话是银，但沉默是金"，在说与不说间，我逐渐习惯选择不说。

事实证明，沉默的确是最难驳倒的论辩。所以，我选择了沉默。

**王政显@台北**

台湾人，摄影师；

以"局外人"身份在大陆这个异乡求学、生活、行走十年。

序六

**不存在的序**

做学生、做记者、做学术，我眼里的柴路得一直在奔走、记录。她曾经从官场沉浮写到"双非"儿童，从加拿大华工写到中国在柬埔寨的真实存在，记录的意义是知晓、抵达，也是传递。

而在我读到她的这些文字时，这些意义变得单薄。行走，使一个女子在变得熟稔的同时，也拥有了入微的观察力与柔软丰富的触觉。她既因此得以靠近那些以普通人的视角难以触碰到的沉默者，生出许多细腻的字句和深邃的故事；又因此而觉得，进入了对方的世界之后轻易地抽身离开，对于她和她的写作对象们，都是一种草率。这种关照发乎内心，相比一般的故事采撷者，似明晰世事又温情脉脉。

如果我没理解错，接下来她就在用写作来回答，什么东西值得写作者去为之对抗时间，给从未停下的脚步一些备忘。

不讲话——不能或者不愿意，总是出于一些令人悲伤的理由，于是沉默，便与灰色联结在一起，第三人称的旁白总让人有种在观看纪录片的错觉。不过这灰色里的层次感，却丝毫不输那些浓墨重彩的水粉画。文字里已然描述了许多：缄口、纹身、寻找归属、承受暴力、与沉默者为伍，那是一系列坚硬的动作，忠实的记录并没有令它们本身软化多少，而是在更远的地方也留下了它们的痕迹；文字之外，光阴之间，则是一次大音希声的旅程——既然人一开口便已词不达意，何不索性静心描摹。

每一次讲述的尝试，都是探访最不易被注意到的角落，他们本身不发声，极少争抢，甚至排斥来自他人的注意力。观察与写作的指向性就特别明确：用声音之外的细节去让人感受。就像盲人会对触觉格外敏感一样，剥去声音的外壳，条分缕析我们的感觉，竟有种因格外敏感而带来的明晰与轻快。随之而来的，爱、幸福、痛苦、幻灭、历史、希望、记忆，也都变得轮廓分明起来。

这种独特的阅读感受，让你注意到那些放弃或是缺失自己的一种表达渠道的人们，他们的存在就是在宣示，每个灵魂都独一无二且不可取代——这七种沉默就是标本，从石缝里生长出来的故事，倔强且柔韧。

村上春树曾有一个著名的演讲，"我永远站在鸡蛋这一边"。这里的高墙就是喧闹的声响，鸡蛋则是沉寂的花朵。对于柴路得而言，她的选择是，背对着高墙，在花朵边唱一曲无声的歌，为那些故事吟一首无韵的诗。

从这个意义上说，这篇序是不存在的，这只是我的希望——我希望以一种"不存在"的状态，向沉默致敬。

**刘志毅@北京**

湖南人，记者，初出茅庐；

希望以一种"不存在"的状态，向沉默致敬。

CONTENTS

# 前篇

## 黑犬,黑犬

或许，这是一场我在真实间隔年进行的一场不存在的旅行。

我在场，我似乎也不曾存在。

或许，这是我在路上和沉默者的对话记录。

我对话了，其实他们却并未开口。

## 间隔年

从来没有想过自己会这样上路。不是自驾游，不是夏令营，不是旅行社观光团。不是科考或者采访。不是驴友。不是小清新，没有Lomo相机。

是刚刚毕业时，不去读研，不去留学，不去工作，就这样出发了。

从来没有想过自己会和世界这样交谈。这谈话的旅程，是自己和近三十个国家及地区的年轻人、十八种不同的语言同行，在路上遭遇形形色色的人与故事；是大半年时间，一边行走，一边演出，一边做义工；是两个笨重的箱子，一半是要送给孩子和寄宿家庭的书、礼物，一半则是慈善演出的服装。

这是一条真实的路线。

从北京、广州、武汉到丹佛（Denver）、图桑（Tucson）、波士顿、华盛顿、沙利斯伯里（Salisbury）、霍皮（Hopi）、牛头市（Bullhead City）、西雅图，到台北、彰化、苗栗、嘉义、花莲、台东，到墨西哥城、阿瓜斯卡连特斯（Aguascalientes）、圣路易斯波托西（San Luis Potosi）、梅尔乔奥坎波（Melchor Ocampo），再到攀枝花、乌坎、香港——笨拙的脚步行至美国中西东部、墨西哥南北部等不同国家和地区超过三十个城市。每一个停留和居住之地，都是如此迷人的存在。它们远远地生长，近近地接纳，我常常是被意外收养的儿童，也是主动走失的不靠谱大人。

这是一群非虚构的人。

来自美国、丹麦、挪威、斯洛伐克、德国、波兰、尼泊尔、英国、孟加拉国，再到菲律宾、埃及、墨西哥、日本、百慕大、芬兰、希腊等地的年轻义工，接待家庭，巡回演出现场的观众，以及街头巷尾的路人——不同国籍种族性别的人聚集而成全球漫游团，经由公益演出和CI义工服务（Community Impact）与各地社群、NGO、教堂、医院、学校、孤儿院，每一个充满孩子的地方创造联系。

它不是一个纯粹专业的文艺团体，但是近乎全球巡回演出团。有时候，我们更愿意叫它"旅行学院"（Travel Campus）。从它的根部找一九六五年启程的历史，你会知道科尔维尔三兄弟（Colwell Brothers）环球旅行的传奇。

## 沉默者

这是一场声音背后的非正常探索。

我有很多怪癖，其中的一个——在路上居心叵测地观察并记录那些不同颜色的沉默者。从中国西南边陲移民城、香港边境禁区，到美国印第安人部落、墨西哥小城，再到台湾绿岛监狱——沉默栖息于此，地理意义的封闭空间，常常也是时代不善言谈的边缘。

从口吃少年、失语症患者、哑童到拒绝说话的女人；从寡言拾荒者、阿尔茨海默氏症老人、语言不通的移民，再到习惯闭嘴的秘密保管员——沉默欲罢不能，驱之不去，就像一条"不存在"的黑犬，如影随形。

一直以来，我也有一条这样的黑犬。

出生在移民城攀枝花（六十年代的西南三线建设重工业城市，在这本书中，我称其为"花疆"），从小讲没有地域特质的普通话，很多时候让我很难觉得自己是四川人。回所谓老家，在所谓巴蜀之地，偶尔用蹩脚的四川话和小孩交流，常常被称呼"讲普通话的那个"；在北京读书，大家说我是四川的，可是其实我没有其他四川人那种一见到老乡就随口四川话的"默契"。在香港、西雅图，我多次遭遇众人凭借口音猜测我来自哪里的场合，却因这没有任何印记的声音以失败告终。于是，我"被做过"福建人、东北人、甘肃人、陕西人、江苏人和广西人，还有台湾人。名单仍在继续变长。

这场探索的途中，团队里其他国家的人总是以为我是"从北京来的"，但其实我只是在北京住过几年，读过书，没有更多。这种诡异的"他者"身份，在台湾达到极致——台湾人看到我是和美国人的团队出现的，一开始都以为我是美籍华人或者日本人——当然，我至少一定是

"外国人"；而团队里的各国人们，不懂"PRC"和"ROC"的关系，只知道都是"China"，就约定俗成觉得我也算台湾人，和团队里美国人、孟加拉人、墨西哥人、丹麦人都太不一样。

旅途的末尾，我即将"回归"香港中文大学继续读书。当大家关心我旅途后何去何从时："So you'll go back to Hong Kong, right?"话中自觉而成的"back"令我感到更微妙的尴尬——那座有着维多利亚港、重庆大厦和"吊颈岭"，擅长安置逃难移民的城市令很多人既觉如"家"，又远不是真正的"家"。

这是一个普通路人的间隔年。

我确实出发了，跟着这个美国人组织的全球漫游团做社区义工、演巡回歌舞、住接待家庭，探索落脚城市、禁区与童年。然而我们的漫游远未遍及全球。我所能截取的只是这个世界多么微不足道的一些人的碎片。

我确实记录了路上的各种人。可这分明是一种伪游记。在漫游路上遇见的形形色色的人，我只是记录那些不开口的人。他们分明不说话，但我邪恶地"迫使"他们开口，再贪婪笨重地记录。往事可能还未发生，未来便已逝去。

这就像是一场根本不会存在的旅行。

那个真实而不存在的"我"，隐匿在每一个沉默者的故事背后——时而是他或她遭遇的某个无关紧要的闯入者，我们和彼此一样既不属于这儿，又不属于那儿，试图进入某处，但总遭到拒绝。时而是在异域旁观的黄皮肤黑眼睛的"瓷人"，身后那个叫做"身份"的影子，蠢蠢欲动，试图逃离，却终无法离开身体；好在总有人对她的关心是因为"瓷人"是谁，而非"瓷人"背后是谁。时而是分不清记忆与现实的"你"，造访他人的生活，然而与语言无关；他们并未对你开口，而你似乎总能"听见"什么；在每一个他人的现在时，悄悄潜回自己的过去再回来，感觉抵达了全世界。

更多的时候，只是个从童年出发，踏上好奇心爆炸之旅的无知记录者。记录的方式是第一人称的谣言，第二人称不靠谱记忆，第三人称假想其开口的"口述"，或许，还加上第四人称的秘密叙事。

"我"曾经出于黑暗，又归于黑暗，自以为可以呼唤声音构成的某种正义，粉碎这些黑暗，却才发现一个在路上的基本事实——即便再努力发出声音，"我"依然几乎不曾存在。


## 沉默这个国

你的舌头大概也遛过弯儿。常常口里喷射标点，说着说着，自己也忘了在哪个华丽句子的拐弯处应该把舌头折回来。于是就这么顿一下——走神、忘词、漏嘴。舌头绊一下，没音儿了。那时，我会觉得，"我哑然"是种特别高级的状态。有那么一个瞬间，自己可以进入一种有节制的寂静。就像吱吱呀呀的人生瞬间被抽空一小段，间隔出来，时间也不再发言。

这个世界上，有一群沉默王国的公民。他们或是天生哑巴，或是后天失语症患者；就像侯孝贤在《悲情城市》中将非本土演员梁朝伟"安置"为不开口的摄影师，与其身份归属含混不清，不如就当个沉默的见证者好了。那时的台湾可不就是哑的吗？

他们也许幼时即口吃，也许晚年患了阿尔茨海默氏症或神经功能损伤，无从辨别文字，更无从表达；如同口吃而无法在公众面前讲话的国王乔治六世和忘记怎么读字和写字的作家霍华·安格。

他们或者天性习惯寡言，或者因为某种心结拒绝说话；他们可能在异境语言不通，也可能被强制禁言；他们可能羞于发声，可能怯而不语，可能对身份闭口不言，也可能面对暴力言不由衷。他们是拒绝长大、敲打锡鼓、不说话、只尖叫的奥斯卡；是柯罗连科笔下移民美国却只会乌克兰语而"没有舌头"的俄国农民；是梅尔维尔处女作中的法国老人和孙女，在法西斯军官住进家中的日子把无声做抵抗，像海一样沉默。

他们或许被太多的心事压制，欲言又止，又或许有一条专制的舌头，沉默就是令牌；他们可能唇齿笨拙，不善言谈，可能口舌纠缠秘密，再难张嘴。他们不能说话。他们不擅说话。他们不愿说话。他们不敢说话。他们不乐于说话。他们不具备说话的生理能力。他们不具备说话的心理动量。

总之，他们的宪法是：不说话。

人群中，你是否遇见并识别过这些人？面对任意一个一言不发的人，你是否想过他／她缘何不开口？他们和你有何不同？当置身于这个他人话语掌权、信息疾驰的世界，他们在想些什么？你是否想象过他们其实拥有另一重时空？他们寂静，所以他们一直抽离。不声不响地生活，比之唧唧喳喳，人声鼎沸，或许更有一段间隔的距离，像对于这个世界的留白。

我想我最幸运的事，恰好就是在这个留白里旅行，寻访沉默王国和它的国民。


## 在声音和沉默之间

长久以来，我迷恋声音和沉默的微妙关系，对天性、病患、暴力造成的表达障碍之果，有一种难以言状的好奇。

在香港读书时，我的研究内容是晚清民初的言论自由观念。来自西方英文世界的"freedom of speech"何以"旅行"至中文世界，变成言论自由，经由不同颜色意乱情迷的改造——无疑，这场观念的冒险是危险的。

在那个话语和声音被无形之手扼住的时代，一个可追溯自十七世纪的约翰·米尔顿·密尔（John Milton Mill），十八世纪伏尔泰、法国人权宣言和美国宪法第一修正案，和十九世纪约翰·斯图尔特·米尔（John Stuart Mill）的观念，如何竟在中国成为革命、抗争、运动、战争、"主义们"得之前行的集体语汇。既高分贝、批量地生产口号、信条、工具、卷标及秩序，又以意识形态之乱背后殊途同归的"政治正确"，制造同等规模的暴力、审查和混乱。

欧里庇得斯（Euripides）在《西塞德斯》（*Hicetid*）中写道"当生而自由的人们向公众倡导言说自由，这是真正的自由"。两千多年后的中国，却从"以广开言路为急，以闭塞言路为戒"、"直陈无隐，各抒所见"，到"国民皆有言说权"，再到"反抗帝国主义侵略压迫的唯一武器，只有争取言论自由"、"言论出版自由具有阶级属性，是对人民而言，而对一切反革命分子则禁止其用言论自由去达到他们的反革命目的"——这是读书人、革命者、政治家的探索，人的声音如枪杆子，是件有用的器物。此外，在白话讲报所、阅报社，国小公民课室、广场、街头演讲、示威游行、农民诉苦集会、红卫兵串联，这些声音的现场，庶民也卷入这场冒险，接受观念，并打破沉默。

冒险还未结束，历史变得模糊。在那些众声喧哗的史料中，正义兼容恶行，声音和沉默并行不悖。我困惑过，沉默究竟是不是金？开口的自由究竟是义不容辞，还是不可理喻？

导师是美国人，用一个言简意赅的发问提醒我多想想：Who got the right to say what to whom by what ？

那一度是个照亮我的句子，去理清错综复杂的线头。如今当我尝试为在路上遇见的沉默者立传，这些稚嫩而粗糙的故事作为数不胜数的沉默中的七种，或许能对应另一个荒诞不经的句子，像一个无所谓对错的回答：Nobody got "none" of the right to say nothing to nobody by nothing。


## 向沉默致敬

你或许可把这当做一本开"口"讲话的沉默之书。

当然，我并非妄想如捷克作家博·赫拉巴尔（Bohumil Hrabal），去描摹那些闪着微光的小人物，用大量对话反证失语者的"沉默"，称他们"底层的珍珠"。我根本无法做到像社会学家伊维塔·泽鲁巴维尔（Eviatar Zerubavel），盘点那些在生活中如"房间中大象"的合谋性沉默——集体否认和制度性遗忘，庞大、真实，触目惊心却被忽视。

我也不可能像美国学者玛丽安·康斯特布尔（Marianne Constable）那般，书写法律的局限和正义的沉默，从图书馆里的静默标示牌为开端, 细数到"米兰达警告"所告知被告人"你有权保持沉默"。

这不是游记, 不是传记, 不是社群调查, 不是纪实摄影集, 不是非虚构写作的人物特稿, 更不能完全称之小说, 甚至不算是真正意义的间隔年记录。这姑且算是一本关乎沉默者的个人笔记, 兼容现实和想象。当故事交错记忆, 经验杂感伙同纪实影像, 这或许都不能算靠谱的笔记。

我只是希望从真实的间隔年旅行、人物原型、故事和我全部的路上经历中, 暂时屏蔽掉那些光鲜亮丽的雀跃和尖叫, 刨出些许细小而无声的部分:

墨西哥城贫民窟的女孩为何手拿一盒散发薄荷、烧焦的破布条、苍蝇死尸、两比索的腐烂牛油果交错的气息的中国清凉油默默不语, 且至少数年不开口讲西班牙语?

我所认识的香港祖孙三代, 小孙子习惯"收皮"(意为住嘴、停止, 较粗俗), 父亲对过去讳莫如深, 而祖父则死守禁区旧地, 这是为什么?

美国亚利桑那不知名的小城, 老人和哑巴女儿花去了多长时间才能用手语"唱"出三十七首歌, "朗读"圣经诗篇的一百五十篇和启示录二十二章, "背诵"附近街区七十九个店铺名称, 以及为一个简称为"SB1070"的法案所侵犯的人们"祷告"?

家住台湾花莲眷村的老兵晚年失读、失语, 但还执拗地定期爬上六张犁墓地, 伸开手臂, 好像在抱着什么, 又好像和空气对话。他究竟是否失忆?

我寄宿的印第安女人家里, 长嘴鹦鹉会讲三门语言, 另一个女孩却从不开口, 有什么秘密是我和孟加拉伙伴一无所知的?

这却是太过野心和奢侈的愿望——尝试做一种沉默的证词, 让"失语者"们发声。即便, 这种存证本身是吊诡的。表达的同时, 已经失去沉默。

你会发现这还是一本什么都没"说"的致敬之书。

我遇见的沉默者们, 可能是不再见面的路人、离家多年的异乡人、见证某种暴力或秘密的线人, 可能就是我在这个喧嚣世界失散的"故人"。我真切地感激他们, 及每一位同行的团队义工: 寄宿家的"父母"、遇到的所有孩子、路人、始终支持我的亲爱的父母和朋友们，还有辛勤编稿、设计，并给我无限理解和支持的李安副总编、繁体版的编辑庄樱妮和设计师黄沛盈，以及内地版编辑米乔和设计师马仕睿。没有你们，我全无上路和探索沉默的可能。

如果说，这本书让不存在的我，略微显现一点声音，我想以这点微薄的声音向沉默过、沉默着或不再沉默的你们致敬。

请许我借一个爱德华多所讲的故事作结。

一九七六年的乌拉圭，监狱是沉默之地、禁忌之所：在未被批准的情况下，政治犯不能说话、微笑、歌唱、吹口哨或快步走，不能向另一个犯人打招呼，甚至不能画画。收到画有蝴蝶、星星、情人和鸟儿的画也是禁忌。

狱中有位因某种"不正确"的思想观念而被囚禁的老师，叫迪达斯科。他五岁的女儿来看他，给他带了一张画有鸟儿的画。审查员们在监狱门口撕掉了画。另一个周日，小女孩带了一张画有树的画。树没被禁，画顺利过了关。迪达斯科称赞女儿，问她树冠上树枝之间那些五颜六色的小圆圈是什么：那些是橙吗？是什么水果？

小女孩让他别说话：嘘——她神秘地解释：傻瓜，你没看到那是眼睛吗？我偷偷为你带来了鸟儿们的眼睛。

如果说，有一种叫做沉默的声音，即便不存在，还是能带来鸟儿的眼睛。我愿写下它们，期待有人用这眼睛看见树，更看见鸟。

柴路得

香港西环海边

二〇一三年六月二十三日

# 树上的
# 马克思

没人能从他嘴里
掏出更多话来……
柯希莫·皮奥瓦斯科·迪·隆多——
生活在树上——
始终热爱大地——
升入天空。

——《树上的男爵》
伊塔洛·卡尔维诺
Italo Calvino

摄 /Marjo Yli-koski（芬兰）

Virginia,
USA

丹佛（Denver）的第一场演出，我发现胸腔里有个试图尖叫的
小人。它撕破了喉咙，难过得快要冲出来，却还是发不出任何
声音。

那时候刚刚参与团队排练一个星期。我闷着一口难熬的火气，觉
得这个旅行的开端跟我的想象实在差太远。还远没见到贫民窟、
大篷车、安养院，眼前只是一堆奇装异服和各国各色各种语言的
歌舞训练。当然，是为未来路上的慈善义演做准备。但每日不停
地解释"I am not from Beijing"，总是令我感到乏味。这些来自丹
麦乡村、南美离岛、孟加拉、墨西哥、斯洛伐克，甚至是美国大
城市的不少年轻人，所熟知的中国地名唯有北京。

然而，他们所知和误以为我"故乡"的那个北京，显然不是新
闻、雾霾、旅游地图和奥林匹克背后的那一个北京。

是的，耳朵里依旧嘶鸣着北京地铁的嘈杂、盗版书碟小贩的吆喝
和地下通道的唱词，鼻腔里还有鼓楼的卤煮、新街口的驴打滚儿、
巷弄里冰糖葫芦煎饼果子 —— 的味道拥抱着味道在打转。我的脚
步却不再停留于天桥、街市、胡同、老剧场、城中村、地坛书市、
采访路上和人才市场。眼神的旅途不再会掠过鸟巢、广场、酒吧、
艺术工厂和大裤衩。这个若即若离的城市，通常有一张不易被看
见的脸，掩藏在拾荒、蚁居、求职、上访的人群中。我根本从未真
正认识过它。在与它面对面，尚未完全熟悉的四年之后，我已经
瞬间移步到"间隔年"的队伍中。不只是毕业与稳定工作的间歇，

不只是理想与现实的停顿，而是陌生与更陌生的间隔，循规蹈矩与疲于奔命之间微微喘出的一口气。

选择上路的这个夏天，北京还未远去，又一个异乡扑面而来。刚加入这支公益旅行的团队时，我严重怀疑自己那些不明来路的勇气：怎么就这样出发了？

那些酝酿在童年和青春期的浩荡出国方式：申请名校、拿奖学金、当外交官、派驻海外采访、嫁给洋人、做无国界医生、科考探险——如今，哪一个都不是。哪一个都很远。我就这样出现在美国丹佛市了。这个之前根本未听过的地方，不是纽约芝加哥波士顿，也不是华盛顿拉斯维加斯。

一个据说出生于海边的棕色美国姑娘，开着大卡车来接机。车里放着语速惊人的唱词，也没把陷在时差里的我拽出来。反应过来时，我已经毫无退路地杵在一群各色肤色的陌生人面前。他们咆哮着站成两行，让我从手臂们搭就的"人桥"下面钻过去。这种特别的欢迎方式，使我在被睡意垄断的意识里，进入一片前所未有的森林。那一双双瓷白的、炭黑的、褐红的、蜜糖色的、茂密的、干旱的腿们在我眼前退后。它们主人的笑脸，我一个都没记住。作为正式进入团队的最后一位，我似乎理所应当一来就淹没在他们的欢呼中。只有我是局外的。他们额外关照我，因为我是新来的。

从小就在学习的英文，这一刻也不很灵光。因为有时候语言不仅不能打破墙，还正好相反。同是前来做义工，他们每一个人都比我更清楚这趟旅行的意义，每一个人都比我更熟悉彼此。他们是习惯用拥抱、亲吻问候的年轻人；他们插科打诨的有色冷笑话是令中文思维费解的谜；他们随时都挂在嘴边的赞美有时候令人难辨真假，因为对谁都一样；他们会抢着学习我的中文名字发音，但可能转过背就忘了；他们喜欢席地而坐，躺在彼此的大腿上休息，但亲密的善意并不就意味着双方已是朋友。

如果可以的话，当时的我，恨不得能遥控另一个自己，替我面对他们，模仿相似的腔调回应，并随时准备好放出职业笑容——而真正的自己，只要倚墙角而立，沉默看着就好。最初的两周，大多是这样过去的。我常常和日本人、孟加拉人、墨西哥人、菲律宾人在一起。和少数几位瑞典人、德国人哈拉几句。

与那群自由狂野的"主流群体"，总有些距离。嗓音和皮肤一样亮丽的金发美女，见谁都是"darling"、"sweetest"然后一起以相同造型自拍；脸上有小雀斑的新英格兰男生，是因搞怪受欢迎的街舞能手，来去只会用暧昧的笑和口哨打招呼；通晓七种语言的棕色男生，则是天生有领导欲的混血演说狂，一张口便打通欧亚大陆——稍微注意，总能发现他们的共同特质：热情、好动、能言、精力旺盛和表现欲无处不在。

这些唧唧喳喳的年轻人，似乎随时都能跳跃和尖叫，二十四小时Party待命状态，有说不完的话、天然动态的身体、四处溜达的荷尔蒙、永无终结的喧闹。我几乎有一刻开始后悔，本以为选择了一条非主流的寂寞劳动公路，却偏偏掉进绚丽又刺眼的山洞宴会。

吵吵嚷嚷的团队里，只有一个人例外。

他的眼里时而是失焦的雾色，时而是我们旅行起点科罗拉多山林的那种蓝莓色晴天。他是抽离的温度计，不必要的时候从不靠近人体，一旦需要了，给出测试数据便即可离开。温度都不是自己的。

他是随时整装待发的色彩战士，身上披着花花绿绿的纸张——我们团队的贴纸、喷绘、宣传海报，匍匐在这个活广告牌上，焕发沉默的生机。看起来，那可是他唯一的语言。他是个信息量极低的人。按一个丹麦女生的话说，你观摩他十分钟和跟踪一周并不会有太大区别，也不会有什么意外收获。你听不见他的声音，因为他从不出声；你看不出他的国籍，因为黑发加一张黄皮肤的脸，有太多种可能了；他的穿着没有任何亮点，永远的衬衣牛仔裤，衬衣的颜色几乎不变；他不会和任何人打闹，因为没有人会在乎一个只用空气回应的人。在我们这个全球漫游团中，他是一个最特别的工作人员。他无须说话，默默做好一切他职责内的工作——帮忙布置舞台灯光、调试音响设备、分发食物、安排接待家庭、担任候补摄像，甚至是做一回混在合唱人群中只需假装张口的道具。凡是琐事，他都可以胜任，凡是超过百人的集体活动场合，他都不在场。

他叫马克思，是我在整趟旅行中遇到的最好朋友，某种意义上也是最好的"口述者"。均没有之一。

他其实是美籍华裔，听得懂中文、英文、德文，甚至闽南语，但决不开口。

总之，他始终沉默，和团内年轻人们几乎无交流的可能。就像常常隐去身形的那种透明人。我甚至觉得记忆里有一个画面，他坐在一棵树上，离地面不近也不远，抖一抖臂膀，背后一双闪着银光的翅膀也抖一抖。乍一闪现，不过一秒，立刻消失在时间里。

如果可以的话，透明人希望他自己能记录下来每一种声音。他不是盲人，不是聋哑。他对声音的全部热情，都来自于冲动的耳膜捕捉到每一种寂静中的悸动时的满足。他不生产声音，但可以做收藏声音的霸主。他有一张只需输入，无需输出的口。他敏锐而精致的耳、鼻、眼，每一种习惯了沉默的器官都专门运用于记录他人的声音。

他发现另一个也不太说话的同类——一直暗暗观察他的"我"。在路上，我们终于创造了一种奇特的交流方式——哦，暂时保密。重要的是，有一个同命运的朋友陪在身边，我才有勇气走近每一个沉默的个体。

我开始笨拙地记录，为了留下这些不开口的他和他们的"口述"。

一旦有人靠近，我会紧紧闭嘴，就像守住那棵我喜欢的树，
守住我自己的"信仰"——人跟人说话，不是一件太好的事。

## 树上的马克思

华裔男生马克思的身份进化论，始于声音和颜色编码

我从小就是个危险的孩子。出身语焉不详，自幼口齿不清，于是索性安安静静，瞪着眼看这个混乱世界长大。

我几乎不说话。其实，大约三岁时，我就知道我有说话的能力，尽管结巴。我会在没人的时候，偷偷学着发音"阿、门"、"狗屎"和"闭嘴"。一旦有人靠近，我会紧紧闭嘴，就像守住那棵我喜欢的树，守住我自己的"信仰"——人跟人说话，不是一件太好的事。

直到六岁我都很少去想自己的属性。比如种族，比如民族，比如国籍。

但是那一次很不一样。我第一次被送进五人以上的集体，是在华盛顿使馆区最多元地装了来自八十余个国家小孩的学校。我看到白的黄的棕的红的黑的灰的五颜六色的孩子在同一个教室里玩耍，竟然心脏怦怦撞得厉害。我严肃比照了自己身上的颜色，搞不清楚我应该加入哪一支队伍。

那时候是爷爷送我去的。他总说：阿门，愿主让我们的小马克在羊群里找到自己，找到那扇通向主耶稣的门。

我始终没明白的是，在那个学校除了不同颜色的小孩，我从没找到羊群，还有什么奇怪的门在哪里。要知道，那扇用某种红梨木做成的门，实在太旧了，每次推开它，我都臆想一遍：或许，这就是爷爷说的那扇门。

后来，我依旧安静的某一天，它，居然，裂了。一群推推搡搡的红色孩子与白色孩子，在我面前凶猛地撞上古老的它。不知为什么，一种紧张突然紧紧攥住了我。就像某个重要的秘密尚未浮出水面，便要永无声息地消失了——于是，我很快地感觉到，自己，尖叫了起来——虽然，我不再记得叫的内容是哪几个音节，但那可真是一次魔幻的体验。当你第一次专注又清晰地听见自己的声音，一种前所未有的兴奋、羞

愧、担心和惆怅交错在一起。我，好像撕破了什么，又好像被迫离开了一个王国。

我们班级的楚门小姐迅速跑过来，讨人厌的橙色小孩贝利跑过来，就连灰色的雪丽·林奇，蓝黑的彼特·李，守门的罗杰斯特先生都跑过来。

因为，裂开的门倒了，寂静的我开口了——两件在他们看来很新鲜的历史事件居然同时发生了。到现在，我也没有搞清楚究竟是我的尖叫让门倒了，还是门倒了使我尖叫了。


让我们再来回顾我的开口前史。尖叫之前，我习惯了用眼睛观察、说话和截取秘密。五岁时，我跟在美国加州工作的父母告别，随爷爷奶奶住在一起。依据在这个学校启蒙我的颜色理论，我突然想到，我的爸爸是白色的，妈妈却是黄色的，听她说过她出生在一个叫福尔摩沙的小岛。而爷爷奶奶都是白的，但有一点不同的是，爷爷的祖先来自德国和波兰，是稀薄的乳白，像发黄的旧报纸被泼上了低脂羊奶，很快就要流干。奶奶是带雀斑的粉白，在我看来，还夹杂一点鹅黄，奶奶的奶奶似乎是希腊人。我一在学校听到爱琴海，眼前就浮现老太太穿着飘逸的碎花裙子给我端来三文鱼和海鲜炖的样子。我无法描述我有多喜欢奶奶做的海鲜，哪怕只是在意大利面里简单地加一只波士顿大龙虾。

还是爷爷说得对，美国公民都是杂交的，"杂种"。

而我与生俱来是一颗属于海的种子，我对柠檬、车厘子、猪肉和中国蒜过敏，但喜欢一切海鲜。我水性好，擅长水里翻滚，但讨厌沙漠天气，尤其不喜欢和父母去亚利桑那州度假。不是不喜欢巨型仙人掌，而是绝不想把自己放进干燥的大火炉烤成印第安纳火鸡。我热爱一切冷冰冰、凉飕飕的事物。比如，我的妈妈。

小时候爸爸总说妈妈是个外表冷冰冰的女人，但有一颗偶尔滚烫滚烫的心。我只知道他俩相识在加州柏克莱大学，妈妈是个从小岛来的各方面都与众不同的女人，主修历史。而我爸爸呢，因为一种混合了高贵智能与丝绒般敏感的家族遗传，他闭着眼睛就混上了大学，却选了生物学专业，这一点令爷爷既生气又无奈。

据说，有一个叫进化论的东西成为我聪明的爸爸和他整个聪明的大家庭最大的隔阂。对于家族史，我始终存疑。为什么某某主义教派立场啥的在我们马克思（Marx）家总是轰轰烈烈地成为大人们吵嘴、出走、打架、决裂的理由。

很早以前，我爷爷的家所在的那一部分处于东德与波兰交界的地方，爷爷早年参加过战争，后来二战期间全家逃难到希腊、瑞士、美国，甚至还到过中国上海，辗转各地，按古话叫颠沛流离。最后在美国，爷爷遇到了同样流亡的奶奶，一个多么美好的粉白色姑娘。

终于，他们有了一个重生的高贵敏感的马克思家的美国梦。

但是，除了出生在美国的葛丽泰小姑姑，我聪明的爸爸和聪明爸爸的弟弟米歇尔叔叔其实都出生在德国，准确地说是民主德国——那时候二战刚刚结束五年。令爷爷想不到的是，身在"马克思家"的米歇尔叔叔真的在后来毫不犹豫地爱上了那个世界闻名的马克思，不仅加入了共产党，六十年代就去法国留学，还参与了五月革命，后来甚至跑到智利闹革命。在全家都成为美国公民的时候他还义无反顾回了东德，一直到柏林墙倒塌之后据说依旧混迹于拉丁美洲，娶了一个犹太姑娘。爷爷说过，作为基督教家庭不可饶恕的背叛者，米歇尔叔叔在还没有我的时候，就与马克思家再无瓜葛。

爸爸一直是最乖巧的马克思家长子，出生即受洗，在弟弟米歇尔常常缺席时依旧每周和爷爷奶奶去做礼拜，规规矩矩地追随上帝，不离不弃。直到叔叔出走，爸爸在柏克莱终于也暴露了自己长久以来真正不离不弃的自然科学唯物信仰。颇为讽刺的是，爸爸也和达尔文同名为查尔斯。

我亲爱的爷爷在失去了一个米歇尔之后，不敢、不愿意也不打算再丢失一个查尔斯，于是也就对爸爸放任自流了。感谢上帝，其实生物学博士也没什么，对吧。他时常自嘲地这样念叨。并且在接受了我妈妈之后，对查尔斯小夫妻以及他们的种子小马克思——也就是我，疼爱有加，从不逼迫我一定要理解上帝和《圣经》。但是，爷爷的教导多少影响了我在六岁时就致力于寻找羊群和那扇奇特的门。

我的博士父母毕业后就结婚了，我被生产在华盛顿州西雅图。听奶奶说我两岁时随妈妈去过一次她的小岛，但原谅我，真的一点也不记得了。她总说那时还是很危险的福尔摩沙，感谢主，小马克思能安全回来。

后来爸爸工作调动，全家人又回了加州。阳光灿烂的地方不会令我很开心，但好在那是临海的地方。

我哧溜一下就长到五岁。那年父母开始吵架。邻居的小孩玛莲比我大点，总跟我说我家注定有"Culture Shock"——她家是美国式灰白与伊朗式暗黄的简单二元组合，而我家的 N 元结合注定问题很多。我当时并没有相信这样一个乳臭未干的丫头。可是后来，事实证明，妈妈在我很小的时候念给我听的中文和爸爸缠绕德国口音的英文及他舌头打圈更加怪异的德语，是如此的不同。尽管我从不开口，很难想象他们还是愿意对我滔滔不绝。也就是每次，当妈妈给我讲述中文及中文背后那些黄色孩子们的历史时，她是如此的滚烫滚烫。只不过她还说了一句，无论在哪里，想找到自己的属性都很危险。

因为危险，不如不要去寻找，她说。

可是，不知道为什么，某一天我一想到有一项属于小男子汉的秘密事业可以叫做"危险"，就咯噔咯噔地激动了一下午。

再接着，我要上学了，爷爷奶奶把我带到华盛顿，因为他们嫌我的双色父母总是把我扔在一堆有犹太父母、苏格兰同性恋监护人的邻居小孩里疯玩，还在气味刺鼻的生物实验室里看解剖蛇与新西兰白鼠，实在是我大逆不道。没想到我爸爸妈妈竟然同意了，那是因为他们分居了，但答应我被带走的条件是不能送我进教会学校。

于是，就这样，终于解释清楚我为什么在这所装满五颜六色小孩的学校了。

我相信我是早熟的。来到这，我开始明白我的颜色和很多人都不一样，又和一些人相似，我是美国人，同时我也是华人。我是德国人、波兰人与希腊人杂交后的美国人和华人杂交后的二次产物。这虽然拗口，至少还能解释我的介于白的和黄之间那种不深不浅的卡其色肤色面孔。不过，我的头发可是黑色的，眼睛棕黑色，按爸爸的话说，我是更像中国人的美国公民。

只是常常令我困惑的是，那无处不在的"Made in China"。我可以说我是"Chinese"但我不能说我来自"China"。这种困惑，不能说出来，连写下来也不可以。这关系到我灵魂最深最深处的邪恶秘密——我听得懂英语、中文，还有德语，但我决不开口——不是不会说它们，而是——其实我口吃，并乐在其中。我偷偷实验过，"我爱你"这样的句子，会是"我，我我，喔，爱爱你"，饶舌的"Ich liebe Dich"（德语"我爱你"）则要延长更多。这种延长的快乐，就像小时候玩妈妈的丝袜，一直够不到尽头，却在往复中享受拉扯的奇幻弹力。

八岁那年当我学会在生日那天在自己的房门上贴上了大大的"Made in USA"，然后骄傲又谦逊地笑了。就像课堂上楚门小姐说的那样，我们每个人都和动植物一样有属性，至少我第一次给自己找到了属性。

如果我的人生只是这样，比如每天坐着爷爷那台产于一九七〇年代的老爷车上下学，吃着奶奶做的圣托尼岛 Keftades（炸西红柿球）沙拉看电视上跳来跳去的蔬菜演《圣经》故事，或是 Simpsons 大家族的吃喝玩乐，那就太不值得一提了。令我兴奋的是，妈妈通常会在周末来接我，开车去到郊区的小镇，邻州的农场原野森林等等登山郊游，偶尔去去中国城吃中餐看大戏。而我伟大的历险家爸爸会每逢我的节假日带我去中西部探险，比如去怀俄明看看他最喜欢的女作家安妮·普鲁写过的西部农场，去明尼苏达滑雪，去南达科他州的印第安人地区认识新朋友，甚至还去了当年爷爷曾经捕鱼时工作过的岛。

一直到十二岁那年夏天，我对妈妈要求想去她的小岛看看，他们这些古怪大人终于同意了。我把歪歪斜斜的中文写在前一年圣诞树上拆下来的彩带上，绑在额头上：

那很完美的话如果你不介意我想去看看你的岛。

唔，语法极度糟糕这件事我是后来才知道的。当时妈妈远没想到后来的一年我都会赖在岛上不走，于是我的十二岁抛弃了波士顿的七年级，而在台北万华国中找到一个完全不同的位置。

我第一次到了台湾，见到年迈的外公，第一次知道自己不只是马克思，我在另一个完全陌生的地方也有着身份。在这里，我的中文名字是陈米易，随妈妈和外公的姓，我用我勉强可以交流的中文在妈妈的家乡苗栗认识了很多亲戚朋友。每个人都在用不同的版本告诉我一些当时还不太能听懂的历史故事。还学到很多那时的我从来没有听过的名词。

比如眷村，比如外省人，比如"反攻大陆"。

综合起来，抛除那些过于奇怪的部分，剩下的基本梗概便是：我的外公早年当过共产党，后来阴差阳错从中国大陆跟随了一支大迁徙的队伍到台湾——就是很多人的那种。外公的妹妹逃到香港，外公则流落到妈妈出生的这个小岛。在岛上的身份变成了另一个党，一家人住在眷村，大概三年后舅舅出生在台北，五年后妈妈出生在苗栗，外婆自那时生了重病。后来的故事变得更沉重，上世纪七十年代，舅舅追随外婆教书却死于不明缘由的羁押；外婆在妈妈生我的那年走了，临死也没见到跨种族跨颜色的孙子——我。外公从大学退休后一直勤勤恳恳开着一家花卉店，闲时读读书写写字，满心期望家人平安享福，尤其是小女儿，就是我妈妈。

在所有动乱之后，小岛是外公等待和想象了一辈子又一辈子的小岛——甚至不同于舅舅去世的六年后，妈妈准备到大洋彼岸读书离开的那个小岛。

我看到的小岛是一个很新的小岛，和大人们说的彻底不一样的小岛。现在的外公没有花店，但有一间自己的二手书店了，贩卖一些大陆的简体字书，来自香港、马来西亚、新加坡的中文书，还有更多的台湾戒严时的老书老杂志。他戴着大大的老花眼镜，搧着破破的扇子，像端详一本古旧破书一样，上下左右又左右上下地端详我。然后把我拉过去，嘴巴在嗒嗒地不知嚼着什么。一种很奇怪的音调，蒙在每个句子的上面，很艰难地透着气。

米易。其实你叫"迷易"晓得不。春秋战国时就有的地名啊。我们都到了台湾后西康省才改的名。那是我以前的家。你一定要和妈妈"切"看看（切看看，四川话，意为去看看）。

米易。你是陈家的娃儿。有家回不了，这样不好。

阿易。阿易啊。除了美国，你有个家在这边，但是还有个家，在那边，海的那边晓得不。

米易。米易。后来变成了阿易。阿易。到了最后，他就念着我的名字，好像变了个调，一遍又一遍。

我能听出来，外公的口音和福尔摩沙大多数人是很不一样的。或者说，他们都很不一样。我这个古怪的小孩，在那边一直竖着耳朵，贪婪地搜寻着那些稀奇古怪音节的证据。就像我能竭力证明什么一样——好比之前我就证明了艾米丽小姐那种像鸽子咕咕叫的灰绿色英文音调其实来自法国。我很严肃地默默相信，这边岛上人的声音一定装着古老的秘密。

如果这里是一盘局，外公就是局外的异乡人。如果美国是一盘局，我的爷爷奶奶爸爸妈妈叔叔姑姑，哪一个不是局外的呢。问题是，如果世界都是一盘很大很大的局，到底谁才算是局内的。

没有人可以幸免。我们的属性、我们的颜色、我们的派别，都是危险的。我很感激，十二岁的时候可以严肃又安静地思考这么多那些忙着打电玩、谈论女孩的同龄男孩一定想不到的世界级问题。

我记得，爷爷第一次载我去波士顿时带我去过自由路（Freedom Trail）的新英格兰犹太人大屠杀纪念碑。那里有德国新教牧师马丁·尼默勒在一九四五年写的那首刻成碑文的诗歌：

当他们杀共产党人的时候我没有说话，因为我不是共产党人；
当他们杀工会分子的时候我没有说话，因为我不是工人；
当他们杀犹太人的时候我没有说话，因为我不是犹太人；
随后他们向天主教徒而来我没有说话，因为我是新教徒；
当他们杀我的时候没有人说话，因为已经没有人了。

那座碑不那么显赫，甚至不那么巍峨，近旁的六座玻璃塔，六百万犹太人，各自在集中营中的编码被密密麻麻地刻在塔内的玻璃墙上。

爷爷对着寂静的我说，虽然他并不喜欢犹太人，可还是希望我能明白任何一个属性种群的人，都要永远知道自己的编码。不同于妈妈警告过我的找到属性的危险，现在更大的危险是——原来我一直不知道自己的编码。"Made in USA"只是一种乍看之下的"商标"，不是那种可以深深埋在神经末梢下面的编码。

如果局外人、外省人是一个通用编码的话，那么我到底属于这个世界的少数人一伙还是多数人那一伙呢。

多年以后，我喜欢上尼日利亚作家乌文·阿克潘写过的一个惊心动魄的悲伤故事：《就说你和他们一样》。

卢旺达小女孩的自述里，母亲为了保护她免遭暴民屠杀而叮嘱她要死死记住一句话——无论任何人问起你的身份，记住，就说你和他们一样。

我觉得我在柏林公共图书馆握住这本封面像落日一样黯淡的小书时，是颤抖的。不是因为就在之前我还刚去了非洲，为纪录片剧组做义工。在那片伤痕累累的土地上企图找一点暴乱、屠杀、战争、贫穷的存证。不是因为我作为华人，被自己的好友戏谑称为：人类的伤口聚在一起。背景不过是因为我们那个小组除了我，还有一位德裔犹太人，而这位顽皮的朋友则是美籍非洲裔黑人。尽管作为世界最伤痛的民族代表之一，尽管我还是个伪代表，和非洲人却有着不可言说的亲近与理解——这些却都不是原因。

颤抖，是因为爷爷妈妈都说过的话，现在轮到外公。在台湾的一九九六年，卢旺达大屠杀刚刚过去两年时，我的属性也刚成为一件危险又急不可待（哦，这还是做过国文教师的外公教会我的词）的事情。

人总是对颜色敏感。面孔、身体，还有你所属的队伍。

在台湾的一年，我学到了一个新的中文词"混血"。这成为我的卷标，姑且算作我的暂时性编码。每逢身边经过一些当地的女孩子，我总能感受到面前一道道热辣辣的目光扫来扫去，把妈妈的话翻译过来，就是：马克，你很热！

也许，我那时的想法并不能代表一个美国中产阶级家庭出产的华人小孩的最高尊严，但基本代表了我对"混血"的理解多么朴实无华：那时我一直在想，因为"混血"，所以我很"热"，这大概是指十二岁的我有一种高于亚洲小男孩常温体温的温度吧。

那时我也有了人生"第一个恋人"，是个台北的高中生。他叫李维斯，不过与那个我不太喜欢的演员无关。那阵子，虽然基努·李维斯一边拯救世界一边与美女兜风，在《生死时速》里正辉煌着，成为一代少年的偶像。台北的李维斯根本不需要拯救摩天大楼高速电梯里的受困民众，不需要表演跳车、钻车底，就把我征服了。

那是我从没见过的九十年代亚洲城市少年的生活——让我感觉就像刚获准扒下裤子，走到热气腾腾的水边，却犹疑着要不要继续上前、下水，要不要直面水里热气腾腾的比基尼美女。终于下定决心试一试了，闭着眼睛狠狠跳下水，溅起奔放的水花，却把肌肉绷得生疼。

满街的麦当劳开始发酵，多么急于被纳入全球化的链条，刚刚开始涌动的民主的实验，多么迫切期许一个更浮华美好的西化的未来。但却依旧陷于某种古老的重重泥潭。当然，这都是我后来的回忆与思考了，那时候一心只知道李维斯很酷。他带我去我在美国从没去过的青少年俱乐部，甚至是迪斯科酒吧喝酒，还有街边的电动游戏厅。李维斯自己在台北有个店，卖外贸货，比如李维斯比如耐克、阿迪达斯。那时候我也是第一次知道，这些在美国的平民品牌原来在亚洲一度有着至高无上的地位。

外婆的一个侄女，也就是我的一个远方姨妈在那个夏天带着我玩遍了台北，并且让我住在她在台北的家里。隔壁便是李维斯的家。家也是店。我们天天泡在一起。因为他我的中文飞速进步，口吃也略好一些，尤其是骂人的部分。整整一个夏天，我叫他李维斯，他叫我阿易，我们每天一起守他的店，一起看性感的太阳公公升起又落下。

我说，李维斯——把窗——关上——行吗？晒——爆了。

他说，阿易，没差啦——晒晒多好。健康肌肤才好泡马子。

我说，什，么——是——马子。

他说，干。在我没有马子前，你，就是我的马子。混血的，值钱。

我说，干——为，为，为，什，么？

他说，干。你想啊，一种血一个价，两种混在一起不就翻倍了吗。你还是两种颜色的，去染色如果染两种，还贵一大半呢。我想了想，心服口服。在李维斯的循循善诱下，我体验了自己作为他的"马子"，作为一个看上去没差，其实又如此不一样的黄色孩子在这个小岛的全部乐趣。

比如和李维斯到一个女子高中找美女秀英文；比如冲到棒球场听

他起哄捣乱，尤其是一字一句地教男孩们叫嚷"罚克"；比如去海边一边看着雾蒙蒙的海那头，一边听李维斯叨叨神奇的飞弹危机；比如在他家里看到一张张美凤图、小虎队和迈克尔·杰克逊。

那个年代，亚洲开始全民学英语，棒球界打出职棒签赌事件，第一次直选刚刚晒出个李"总统"，整张整张报纸是璩美凤和谢长廷舌战。迈克尔·杰克逊红得发紫，然后小虎队解散了。

我深深感到作为局外者的压力，那时所有这些都是我白天听着李维斯传授给我，晚上回去再网上冲浪一个一个把陌生名词找出来才算明白他到底讲了些什么。按照姨妈告诉我的，两年前她还不知道什么是因特网，当时却已经发现台北的杂志都说网络是个"不设防的城市"，政治、犯罪大讨论层出不穷。

不得不说，我幼小的心灵经历了一次前所未有的洗礼。

不同结构的水土对于一个人的属性有着如此深刻的决定作用。有时候并不仅仅是血统的问题。我觉得身处福尔摩沙的身体埋藏着一种对于未来的紧张，不是不信任那时候的变化，而是不信任不会发生变化。

那是一个我感到多么陌生又亲切的小岛。我隐约地担心有一天会发现自己与它的联系越来越紧密。然而其实都是自作多情，它的变化快到超越我的确认。那时候的我，一定想不到马克与米易应该以怎样的方式统一在一个十二三岁的身体里。

唯一想到了、提前学到了的是：即便人的属性是一件很危险的事情，对于它的刻意寻找可能让人丧命或者失声，我还是渴望尝试。妈妈不是对我说过吗，有时候，无论在哪里，想要找到自己的属性都很危险。但不要忘了，我从小就是个危险的孩子。爸爸给我的最高荣誉便是：我伟大的小冒险家。

我，愿意尝试。我，希望冒险。我的前所未有对冒险和颜色编码的渴望，就是在这个小岛上生长起来。

我难以想象自己能胜任这支漫游团的旅行助理。我口吃，我几乎不开口——但是我需要做一切杂活。比如去机场接回志愿者，打扫落满尘土的舞台，拍摄义演的照片，修理舞台设备，协助安排每一站的接待家庭，还有，绘制各种卡片海报传单。这也是为什么我的手上永远不缺乏水彩颜料和纸张。

这也是为什么我才有办法和团队里那个有趣的她一路交流。

我这个危险孩子最为擅长的，正是透过颜色说话。我有不同颜色的纸，剪成不同形状。拿出不同颜色，就是告诉她只有她懂得的话。她知道的。蓝色是你还好吗，黑色是难过，红色则心情不错，紫色是纠结和犹豫，绿色是我需要你。在一群各色年轻人里，我们会对彼此画下想说的话，用颜色倾诉心情。

行至墨西哥时，义演中有一首新添的西班牙语歌《上帝的皮肤是什么颜色》(*De Que Color Es La Piel De Dios*)。因为临时有人生病，我作为顶替站在队伍里。我就像一个被设定好程序，自动张口闭口的假唱"机器"。她就在我旁边。我惊奇地发现，她竟然也没发声。如同特意配合我一般，她也一张一闭，嘴巴仿佛在唱着，其实一片寂静。人们澎湃的歌声里，两个哑巴深情地表演。动一动口，好像赢得了全世界。

我从衣兜里拽出一个秘密，贴在她的手心。等待歌声结束，展开手心里的它，她会看见：那是一张纸，和树叶一个颜色。纸上是《柏林苍穹下》的台词：

当孩子还是孩子时，

他总爱问，

为什么我只是我，

而不是你？

阳光下的生命，

难道不是梦吗？

当孩子还是孩子时，

他只看到苹果和面包，

他以为那就是他最大的快乐，

长大后，

快乐越来越少了，

只有在工作之后才有快乐的片刻；

当孩子只是孩子时，

糖果就是糖果，

就是这样，

在核桃树下，

他张开手，非常激动，

他总是等待着；

朝一棵树扔一个树枝，

就像扔火箭一样……

这校园集中了来自近百个国家的小孩。
我可以同时和一个南非小孩、一个埃及穆斯林小孩、
一个只懂得法语的华裔，还有一个克罗地亚小孩，
探讨"为什么人有不同的颜色"和
"这个世界为什么存在局外人"，
我突然觉得这就是马克思挖掘自己尖叫能力的母校。

在这里，一棵仙人掌的位移都是受法律保护的。
人的位移，却因为颜色不同被打上巨大的问号。
曾经前引发美国舆论哗然的、
一个简称为 SB1070 的法案，
禁止非法移民进入亚利桑那州，
允许警员盘查可疑的人，甚至有权逮捕非法劳工等。
人们担忧这将导致警员侵犯民权，
甚至开始担心美国会倒退到种族歧视年代。
马克思说他很难不去想到，他自己的颜色。

这是孩子独有的静默，
就像马克思常常把自己掩埋在他人的声音里。
在台湾夜市喧嚣里，
妈妈摆地摊让孩子们"捞金鱼"，
爸爸负责一车甜不辣、芋圆和爱玉冰。
在一家吃蚵阿煎的小店背后，
我偷窥他足有二十分钟。
在一句话也没有说的时间里，他做了以下事情：
原地转圈。四圈。
识别脚边地上橡皮筋的颜色，
不知被谁丢弃的，大约七根。
发呆。
目光终点似乎是前方偏右四十五度处一个空瓶子。
对妈妈唤他置之不理。
思考。表情放空状。
被附近叫卖的高音喇叭吸引，抬头。
迅速低头。
数路过的脚步。
证据是小手同时在比划出渐长的数字。
终于捡起全部橡皮筋。
冲到前方占领空瓶子所在"高地"。
再次发呆，出神。
把彩色橡皮筋通通塞进空瓶子。
满足地笑了。

# 2

# 月在
# 遮蔽之处

唇的土地，
垂死的地狱在口里喘气，
天在唇上降雨，
水在歌唱，诞生了天堂。

——《夏夜》
奥他维奥·帕斯
Octavio Paz

# Aguascalien-
# tes, Mexico

到达墨西哥城时，城市已经进入有些寒冷的十二月。比起尘土裹挟的风声、冒着火气的雨声、杀价声、祷告声、叹息声，还有广播里"中墨友好年博览会"即将来临之类新闻的轰隆声——传统皮纳塔（Pinata）球被孩子击打的砰砰，简直太微不足道了。

我们大多数人并不懂西班牙语。义工团队穿行在城市中间，像浮游在喧闹之海上，语言不通只得闭嘴收手的海盗。热闹和繁华都是别人的，再兴致勃勃的闯入者试图用眼睛掠夺信息，这时也无济于事。

至少在我看来，看见的远不如听见的来得真切。无法捕捉语意的时候，不如直接捕捉声音好了。西班牙语音节在每处舌尖忧心忡忡地滚动，嘶嘶和嗤嗤，掩埋在依照阶层被切割的巨型城市那种惯有的高低声部共振里。

此时的墨西哥城就是声音之城。语词和信息不再重要，因为音高、声线早已抢先夺权。商业区与贫民窟，名流俱乐部与底层集市，处处人车合鸣。即便宝马和人力车音色有差，嘈杂本身还是成为一种大同，在这样的冬日晌午，再撕裂的不同声音都一股脑地抱团。

然而，不需要太好的听觉和西班牙语功底，也能识别出群响中一种流动的恐惧，这本身是静默的——声音不分贵贱，却彼此阻隔。对于行将消失之物与不确定的未来，恐惧、沉默以及暴力不得不成为很多人仅有的权力。

这些声音背后时有发生的凶杀案，多与毒品有关，不是吸毒少年砍了大佬，便可能是薪水微薄的警员参与绑架、杀人和帮派斗争。富商被杀时尚不知自己早已得罪了陌生的毒贩邻居；父亲误以为哑巴儿子是毒枭，动手清理门户；足不出户的女子被吸毒丈夫经由互联网虐杀而闻名全国。结下世仇的毒贩聚集于奇瓦瓦沙漠边的边境城市华雷斯城（Juárez）时，这座城市里的穷街陋巷便在下午的四点四十五分迎来最血腥的时刻。

五年前，一位法医的团队一年内就处理了四百名杀人犯。这些人在华雷斯城犯下一百三十万起凶杀案，几乎等同于纽约上个世纪九十年代初期全部的凶杀案件数。我们团队抵达时，截至二〇一〇年冬天的四年来，墨西哥约有四万人死于与毒品相关的暴力案件。

那位法医说过：（杀人犯）会在街头、高速公路和主干道上大开杀戒，他们是想要借此向当局传递他们的声音。

在这里，毒品、暴力与死亡相依为命。杀人竟然是为了发声。

墨西哥城当地一位律师告诉我，他时常觉得自己是靠快捷方式生存的"罪犯"。他习惯了只接有钱人的案子，而且底线是不做人权议题，不和政府对打官司。帮穷人打官司，比帮富人难多了——穷人自己以及证人，都太吝于开口了。再反抗贫富差距和呼唤正义的声音，到了钱的面前也可能变得脆弱。于是，能用钱解决的，也就不需要律师了。官员、毒枭、恶霸、富豪，还有那些往来边境走私牟利的美国生意人，总有办法买来沉默作为自己的呈堂证供。

被剥夺者不爱讲，剥夺者更不爱听。声音就算多起来，多元起来，也都变为一道又一道坚硬的墙。沉默在中间深不可测，像一颗颗难以识别的洞窟。

达丽一家是其中一处。这洞窟里，不是龙卷风中心那种暂歇性平静，而是要时间亲自挖掘很久才能打通的静谧。祖父母死于谋杀，父亲经历墨西哥一九六八年大屠杀时年仅五岁，母亲曾经专门从边境带回那些真正的美国货，甚至多是遇害人的现场遗物。而达丽，早已习惯了位于死亡中央的静谧。

达丽的家不大，一个院子一个小二楼，东西不少。仪器般的瓶瓶罐罐，金属制品塞满了每一个可能发生化学反应的空间。从窗口看去，有一面墙，和另一面墙。街道比北京的胡同宽点，比香港的马路窄点。楼不高，封不住灰霾的天空，依然令人讶异的逼仄。

我一度以为这是个雇佣杀手的家。地处墨西哥城的特拉尔内潘特拉（Tlalneplantla）老街区的屋子，提供了一切让你呼吸困难的证据。堆得高高的杂物堆，好像几个脓包。桌上古老的盘子里装着昆虫的头颅。乱七八糟的器皿、乱序排列的工具、墙上的尘土，冷暴力潜伏在屋里。干裂、封闭、昏暗、拥挤不堪，好像随时可以引爆。

独自一个人被分配到这个只讲西班牙语的接待家庭，我脑子里全是白天和团队还在一起时看到的那张当地报纸封面——人头浸泡在发黑的红里。看不清面容，血痕与发丝暧昧地纠缠。苍蝇一只，停在那。花花绿绿的一堆内脏。青灰的泥。

墨西哥毒枭团伙，又杀人了。时间、空气一齐暴毙，就像前所未有过一样。对很多当地人来说，却只是一个云淡风轻的又一次。他们继续喝茶、散步、吞云吐雾、吃挤了青柠汁的 Taco 饼。今天活着，明天阅读下一个"又一次"。新闻头条里的死者，被抛弃在见怪不怪的静谧里。那种静谧本身成为一种声音：穿过死荫之地，来不及反应，潮水般的日常就满溢脚下的鬼火青苔。咕咚咕咚。恐惧本身变得极度冷漠。

如果再多看一眼，我估计我就要吐了。这是个怎样的国家，难道就不怕孩子们看到报纸头条吗？此刻面前，不是报纸头条，却可能成为下一个报纸头条的案发地。我猛吸鼻子，跟着玛利亚一路上楼进屋。

达丽是玛利亚的女儿。法兰西斯科是玛利亚的丈夫。达丽有两个哥哥，已经离家工作。他们是我在墨西哥的第一个接待家庭，也是令人最意外的。对我而言，一整个寂静无比的家。或许是知道我听不懂西班牙语，玛利亚和丈夫很少讲话。我们通过肢体语言表达最基本的吃喝拉撒。一旦"说"完，整个房子里陷入诡异的沉默。唯一在空气里窸窸窣窣的是我的尴尬和过气的恐惧。

他们敬拜骷髅，却对死亡无动于衷。

达丽是家中唯一懂英文的，却仅限于听懂。我对她讲英文的话，她最多回应三句后便只用写的。她是个颇安静的人。二十出头的年纪，念大学。纤细、死气沉沉，一走路骨骼嘎吱的响。灰紫的脸就像没有放墨西哥辣椒的 Taco 饼，枯燥又干涩。

我一度想过，达丽的沉默大概是墨西哥式恐惧的一部分。然而，令我意外的是，达丽的笔记本上写着她的偶像是多密提拉和爱德华多·加莱亚诺，两个不沉默且热烈的人。

多密提拉，一个女人，玻利维亚劳工领袖，说过这样的话："最主要的敌人是谁？军事独裁政府？玻利维亚资产阶级？帝国主义？不，朋友们。我要和他们说的就是这一点：我们最主要的敌人是恐惧。它活在我们的心中。"

而这位乌拉圭作家爱德华多·加莱亚诺讲过，这样的关于恐惧的故事——

一场绝食由五个女人开始了。五个女人从一出生就已经习惯挨饿，她们称水为火鸡肉排，笑声喂养了她们。

与此同时，绝食罢工者成倍增加，从三千、一万，直到数不清的玻利维亚人不再进食，不再工作。二十三天后，开始绝食罢工的人们侵入了街道，这一切已经一发不可收拾。

五个女人推翻了军事独裁政府。多密提拉就是其中一位。达丽的沉默里，分明不是恐惧，是勇气。我不得不说，单独面对我的时候，她偶尔变了个人般，微笑，低头笑，大笑。似乎那笑里，她的另一重人格短暂苏醒过来。舌头在门后自卑羞涩地探头。稍微颤抖，好多不能开口的秘密就在门边持续盘旋。

当我们穿着各国民族服在墨西哥城内做文化游行时，
街边屋顶上的墨西哥孩子扬起他们的国旗。

## 月在遮蔽之处

墨西哥城女子达丽与中国女孩的身体双语

达丽的情况越来越糟。

她白天睡不着，晚上更睡不着。睡意是一条装死的鱼。用手覆住，貌似安稳，突然弹起，光溜溜蹿回去再也寻不见。留下将死未尽的鱼腥味，自己都觉得恶心。躺下是一种罪。闭眼是另一种罪。她恨不得做个杀手，尽快给自己判决：一刀毙命太过安逸，一定要面四壁，彻底失语的无期徒刑。最好发落到诺拉州南部的千年墓地去。她甚至能想象，凛冽的风里骸骨开始歌唱。她抓着手臂，在房间里来来去去。手臂上地图一样的青痕、紫痕、发黑的血印，指示无名的地点。路线很崎岖，漫过荒原、沙漠、草地，长途跋涉，也无从抵达。

坐下来。想起楼下是最近来家里的中国人——那个在墨西哥城颇有名气的 NGO，每年带些各国青年义工巡回演出，话说，重要的是，本地的接待家庭有权自主选择接待哪一国的志愿者，一个或者两个，法国人日本人或者中国人。对达丽来说，当然是要后者！她对做接待家庭本来毫无兴趣，可是她喜欢华人。亚裔那种眼睛弯弯，笑起来更弯上去，眼小鼻小，颧骨温柔，是她近乎痴迷的面孔。

玛利亚是个冷漠的母亲。但在女儿突然要求接待义工的事情上难得地显现出一个热情墨西哥女人的深明大义。她们一同挑选了只接待中国人，并在仅有的两个中选出清瘦的一个。听说是不多言的姑娘。不知是惯有的自卑，还是因为语言不通。

第一天领人到家里，达丽就很兴奋。默默称其"瓷人"。玛利亚对瓷人讲西班牙语的时候，瓷人似懂非懂地笑。表示感谢，但又无能为力的天真。达丽看到一种久违的亲切，甜蜜和温柔——多么像，那个她！

瓷人的肢体语言羞涩又僵硬，总能使达丽心里想起 "engañar como a un chino"（西班牙语中的俚语，就像骗中国人一样）的句子。玛利亚机关枪一样的口音，法兰西斯科也未必能快速反应，瓷人怎么可能理解什么意思——那个疯狂的老女人究竟说了什么？该回应什么？即便这样，她还是尽可能地比划着。好像提线木偶的忠心耿耿、笨拙、迟钝，但是优雅。后来，玛利亚也索性不说了。达丽那时候站在楼上看着，并不急于到楼下解决现场的语言问题。她沉溺于满足和欢喜，默默享受这种奇异的幸灾乐祸。

不知道算不算捉弄，达丽是故意不"讲"英文的。她用英文写下来交流，几乎身临其境瓷人的局促屏息——一直陷于西班牙语阴凉而陌生的世界，偶尔才被英文单词普照的快感。

她乐此不疲。

达丽回到床上。顺着跌落的目光，她看到书桌上印着熊猫的简陋瓷杯、扇子、手链、油腻的弹子球、古怪的小屏风——甚至还有一个指甲盖大小的圆形铁盒，散发出一种薄荷、葱头、烧焦的破布条、苍蝇死尸、两比索的腐烂牛油果交错的诡异气味。

都是她送的。另一个瓷人，十五岁女孩，叫"Fu"，福。中文老师说过，是快乐、祝福的意思。重新掏出关于福的记忆，达丽感到甜蜜又痛苦。或许那条装死的鱼也是从过去游出来的，在自己并未察觉的时候。

记忆中的福有一种苍白与蜡黄交杂的美。她个头小小，皮肤镀了一层月光，乱蓬蓬的刘海总是泡在汗水里。笑起来很浅，吐出舌头小鱼样摇摆。铅笔似的腿，晃在空荡荡的裤腿里，手臂很长，手指很长，干净的蔫。第一次认识她时，达丽才十岁。

叫做"山坳"的街上，丹尼尔大个子的店是出名的破烂之家。各种稀奇古怪的布艺、首饰、佛像、玉石玩意儿，都有着清一色伪劣的质地，明晃晃的颜色，东方异域特质。大个子的爹是个干蔫的老头。传说早年娶了玛雅人，他老婆生了个怪胎后就逃走了。后来收养了一个儿子取名丹尼尔。父子俩白天开店，晚上就混黑道。不知是哪个毒枭大佬旗下的，在边境有好多买卖。所以他们时常搞些古怪玩意儿到破烂店里，人们见怪不怪。达丽一直被玛利亚禁止接近那家店。但她依然对大个子一家恐惧中充满向往。只是很奇怪，那些货品看上去根本没人敢买，不知靠何盈利。

有一天，破烂店里多了一件有史以来最新奇的"破烂"。一个小女孩。眼睛弯弯向上扬起，像两枚小月亮。她在那里看店，大个子父子常常不在。人们传言那是从中国买来的童工。也有人说是会被献祭邪教仪式的性奴。还有人说那个从不开口的孩子，是个小妖怪。

达丽终于和"小妖怪"碰面。

又被法兰西斯科暴打的一天。玛利亚和哥哥们回娘家了，达丽一个人冲进半明半暗的黄昏。疼痛在手臂和腿上游动。行进很艰难。她在垃圾堆坐下来，凶猛地哭。许久，又肿又黑的眼睛才看到小妖怪也坐在那望着自己。

委屈很清晰地再次涌上来。毫无害怕。达丽开始新一轮凶猛的哭。她感觉不出小妖怪的情绪。只看到两枚小月亮微微鞠躬，才意识到那大概是安慰的笑。

她停下来。她也停下来。她与她之间，是渐渐深重的黑暗。根本没有任何语言的流通。但分明有静谧在流通。这种静谧本身成为一种声音：穿过死荫之地，踩在鬼火青苔上，黑洞洞的空气互相摩擦，被灼烧得发响，一点也不痛。

达丽觉得自己与破烂店做成了一桩令人骄傲的秘密买卖。她们交换沉默。也交换慰藉和共享同一个小世界的特权。小妖怪猛吸鼻子，用手擦擦稀薄的脸，在更靠近达丽的地方坐下来。达丽展开四肢，地图一样的痕迹瞬间打开，刺痛也变得松弛起来。什么也不用问。但是达丽可以感觉旋即转动的空气，是小妖怪的呼吸轻轻吹过来的。

你从哪儿来？

那你呢？

你叫什么？

你害怕吗？

你为什么哭？

这些都不用说出来。达丽觉得自己似乎懂了一切。十岁女孩的世界观在这一刻打开最宽广真实的门——小妖怪不是妖怪。这是多么显而易见的事实啊。看到她的胳臂露出刺青：FU。还有一个达丽不认识的字。是瓷人的语言，都是后来知道的，达丽上中学时知道那叫汉字。她报名上了中文学校。她知道了小妖怪叫做福，来自中国的小岛海南。

谁买的，谁卖的，不知道。也没有问。她只需要知道这个瓷人不是妖怪，是她的朋友。两个女孩的探索之旅遍及山坳街大大小小的角落。她们总是相遇在垃圾堆的黄昏。很少说话，只听见裙角、腿、空气、伤口擦来擦去的声音。但是达丽是知道的，福懂西班牙语的。她在破烂店的时候，认得店里每一件破烂，会算账，还会听电话。可是除此以外，她都不和人说话的。唯一的例外是知道达丽在去上中文课后，她破天荒对达丽讲了一句：Hola!（你好）

达丽回答：Ni——hao! 福便笑，一直笑。干净的小月亮弯弯点头。

福十岁时，达丽开始教她写西班牙语单词。学到"China"，垃圾堆里拽过一个瓶子，上面的"Hecho en China"（中国制造）还在熠熠闪光。后来，达丽干脆带着福一起去上中文课。

福开始从破烂店里偷出扇子、丝巾、印章、瓷杯，一件一件送给达丽做礼物。

再没有什么比学中文更美好了。达丽一个人去上课的时候，偷偷乐。福在家里学西班牙语大概也一样吧，想着对方用力学自己的母语——尽管，自己的母语本身不好，甚至是糟糕。这却是一种波澜不惊的默契。铅笔写断了，重新削一支。铅灰色的方块字安全降落在纸上，扭捏又温柔。握着福的小手，在垃圾堆秘密基地附近的空地上，用砖块碎写下西班牙语字母圆滑的结构。

她是妹妹，她是自己，她还是情人。每一个拉丁字母都甜的，故意弯弯的，和小月亮一样有温度。手臂上是伤口，手掌里是少女的手。达丽感觉到自己的变化。特拉尔内潘特拉的青春期有些闷长。学校里看不到福，她就在墙上刻下没有人看得懂的汉字：福。

她们依赖彼此的沉默。直到福要回中国的某一天，达丽开口，就像重复某种长久的习惯一样，第一句是中文：你会回来吗？福不承认，也不否认，递过来一个小小的圆形铁盒。临别礼物，来自中国的清凉油。扑鼻的奇异气息，流过达丽的脊背。刺骨的凉和哀伤。"Si"，这次，她回答的依旧是西班牙语。两枚小月亮平躺下去，没有任何弧度。

福跟着某个大个子瓷人走的。多年前，福的叔叔把她带到墨西哥，输光了钱，转手把小侄女抵押给大个子的团伙。好不容易还清了钱，办了身份，说要带福回国看看。达丽是知道的，福被团伙里某个恶心的混混在黑暗里强制探入。后来混混死了。大个子解救出她。

幼小的她从那一天起才变成小妖怪。偶尔尖叫，继而彻底沉默。她强忍着，像这个国家习以为常的静谧一样，敬拜骷髅，却对死亡无动于衷。

她不会再回来。达丽艰苦地提醒自己这一事实。就像一件未发生的往事。她继续默默学中文，甚至在大学里选了中文做辅修。她从不向任何人提起福。她从不对福之外的任何人讲起中文。课堂里，绝不开口。黑暗里，一个人练习。玛利亚和法兰西斯科常常在夜里听见诡异的声音。他们并不知道，夜里的女儿是一所秘密房子。房子角落里装着声音，藏着鬼魂；尤其在这样的冬夜里，裹着神秘的烟雾。

达丽的舌尖，从上齿弹回。风在跌跌撞撞，穿过封闭的屋里，瓶瓶罐罐叮叮咚咚。蹩脚的中文游过玻璃壁，反弹回来，变成福那一句拉长的西班牙语回应：Hola——这一刻，或许词与词才融为一体。达丽在这样的融合里，起初是享受。久了，夜晚变成一条干涸的河。睡意是装死的鱼。弹起，逃走，进不去水中，也不再回来。

瓷人义工住在家里一周。达丽从未在她面前用过西班牙语，直到替她向 NGO 团队请了病假。瓷人脸上排满了惊异。原来，这个墨西哥姑娘可以讲西班牙语的，并且如此流利。她一度以为三句英文出口的极限，恐怕是某种口腔后遗症。瓷人是喜欢达丽的。她冒着很大风险帮自己去请假，只不过为了带自己到墨西哥城的中心地带吃一顿中餐厅大餐。

太久了。达丽一定是注意到瓷人太久没有吃到中餐。他们辗转多国已久，不可与自己同国的队友住在同一个接待家庭，不可讲母语，很少抵达华人多的地区。瓷人在团队里话本不多，唯有另一个亚裔工作人员马克思是她信赖和倚靠的语伴。呵，奇特的语伴——不是通过语言交流的同伴。沉默本身才是一种语言。

达丽不得不想起自己和福。她看到那个马克思给瓷人戴上耳机。听瓷人讲，那是从他们在墨西哥南部长达八个小时长途汽车之旅时他给她的中文广播录音。就像福给达丽清凉油一样。不同的是，前者为了瓷人睡得更好，后者是福给达丽更清醒的痛苦。学中文时，想念一点，就抹上一点。肌肤上尖锐的清凉，慢慢烧得灼热。

每个睡不着的夜晚，薄荷、葱头、烧焦破布条、苍蝇死尸、两比索的腐烂牛油果交错的诡异气味都在加剧燃烧。记忆火上浇油。达丽甚至闻见尸体的味道。仿佛多年前那个腐朽的垃圾堆的黄昏，她仍在凶猛地哭。横竖都想到死亡。穿过死荫之地，踩在鬼火青苔上的墨西哥静谧一直都在。

暴力从未结束。直到现在。达丽看见瓷人在纸上写下英文，询问自己：你父亲打你？

达丽写下：以前是，后来不是了。

那是谁？

是谁可以如此狠毒地打一个姑娘啊。瓷人一定不敢想下去。

是我自己。

达丽没有想到自己给瓷人写出那个神秘已久的答案。一直以来，她不敢在学校洗澡，从不让玛利亚进浴室帮自己。她不吭声。她掩盖自己。大多数时候她把自己的身体和声音藏起来。她守卫着一个强大而英勇的事实。福不在，达丽便也不在了。她在身体上折磨自己。她为自己惩罚身体。达丽看见瓷人愣住。她大概被这个事实吓住，或是在疯狂构思下一句话该讲什么。达丽迅速整理自己。她想好了，不管瓷人想什么，说什么，问什么，她都不会再继续自我暴露。在手臂上写作的仪式，只属于她一个人。她飞快写下一句话，然后转身上楼。瓷人听见楼上达丽房间砰的一声，余下一片来不及反应的空气。

桌上的纸条。达丽留下的：明天我会带你去市中心吃中餐。

加了西红柿酱的宫保鸡丁、颜色诡异的鱼香肉丝、茄子萝卜黄瓜烧豆角，全都拌在一起。一人六十比索的自助餐。菜式再怪，味道也格外的好。瓷人吃得开心。达丽看见她脸上两枚久违的小月亮微微点头，鞠躬，然后跳起华尔兹。

达丽忍不住伸手到眼角，上提模仿着小月亮的形状，然后呵呵地乐。瓷人明白达丽的意思，也乐起来。几乎有一刻，瓷人能感觉到达丽忧伤的舌头，在与食物厮磨之间达到高潮。迫于某种压制，舌尖呼之欲出的某个秘密迅速滚回她喉咙里的那个房间。

很快地，她看见达丽脸上的光暗淡下去。视线开启一束尖锐的追光，打在餐厅厨房里走出的一个女孩身上。女孩也是一个瓷人。硕大的裙子里身材显出纤细的形。倦色里两枚安详的小月亮，和瓷人的有些不一样，更修长，更疏朗。干净的弧度展开光滑的钝角，在回应达丽目光的瞬间好像冻住一般。

瓷人看得出神。看着那两人就像认识许久一样，共享一个只有她们自己知晓的私密空间。空间同时被记忆与压抑的空气灌满。

达丽的泪快要狂奔出来。眼洞里全是福的影子。

不是像极了，而是就是，她。

不知道她是回来了，还是根本没有走。不知道她是因为某种原因不能和自己联系，还是因为自己家从山坳街搬走了而找不到。虽然自己一直去垃圾堆留下记号。虽然在每一个她们待过的地方她都有写下手机号码。虽然一直想到要来这家中餐厅，却机缘巧合每次都没有实现。不知道她是不是在这里一直等待自己。不知道她长大了的如今，还记得多少过去。甚至不知道她现在讲中文还是讲西班牙语。总之，这些都已不重要。也不需要去知道。

重要的是，自己见到了福。再一次。

达丽站起来，在瓷人面前头一次神奇般地开口，中文：嗨，福——这是我家接待的中国朋友，来墨西哥做义工的——这是我以前的好朋友，叫做福。福的眼神落在瓷人身上。

瓷人一阵凶猛的激动。居然，在这里遇到华人！这家连老板都是墨西哥人的中餐厅原来有华人服务员啊！还是达丽的朋友！达丽原来会讲中文！还讲得这么好！好几件神奇的事同时发生，让她有些难以消化。

福也开口了：Hola, Mi amiga!（你好，我的朋友）流利的西班牙语。丝毫不拖泥带水。如果说其他人讲的西班牙语句子冗长，不知所云，这一句恰是瓷人听得最明白的一句。一个墨西哥人讲着中文。一个华人讲着西班牙语。她们面对面。她们之间，有一个外人无法进入的通道。

专属彼此的对方母语，自由流通如透明的河。一时间，那个干裂、封闭、昏暗，拥挤不堪的屋子开始喘气，斜开一条门缝，带着尘土的阳光挤进来，停在那。照耀每一个可能被引爆的空间。

　　瓷人和团队就快离开墨西哥城的前一天。达丽彻夜未归。她是半夜悄悄溜出门去。福还是在山坳街等她。她以为楼下的瓷人多半不会知道自己在天快亮时才回到家里。她和福在垃圾堆像小时候一样坐了很久。然后她们去了一家闪着红光的通宵公共浴室。瓷人一定不会明白，达丽是这样的墨西哥女子，用这样的方式和另一个华人女孩沟通。

　　她们像过去一样给对方洗澡。她们的手指轻轻抚摸彼此的肌肤、肚脐、身上的刺青、伤痕，和一去不复返的童年。她们忧伤的舌头试探彼此的耳朵，就如舔食 Taco 饼那般，青柠、辣椒、肉末与清凉油混合的汁液融化干净。唇齿间坚硬又锋利的语言，暗处潜伏的暴力，变得前所未有的柔软。

　　瓷人第二天在自己的笔记本里看到达丽留下的临别赠言：谢谢你来！祝福你，有福。有空回来，这里有达丽和家。她甚至并不意外达丽竟把她自己的一页英文日记也夹进来。达丽的选择性沉默，最终开口的蹩脚中文，早已暗藏并不意外的玄机。她，一直渴望表达，而非一言不发。

　　瓷人分明在头一夜热气腾腾的房间里看到：那些在两个少女胴体上纠缠生长的沉默，顷刻滚落到澡盆的热水里。

墨西哥城山坳街。

孩子洗被单。孩子遛狗。孩子守望街头。孩子看顾孩子。

这样的墨西哥孩子群到处可见，

小妖怪在她的年代她却不能身在其中。

因为，她是小妖怪。来路不明。

不说话，只会瞪眼看人，还住在"那家店"里。

达丽，大致就是这个样子。
单独面对我的时候，她偶尔变了个人般，
微笑，低头笑，大笑。
似乎那笑里，她的另一重人格短暂苏醒过来。
舌头在门后自卑羞涩地探头。
稍微颤抖，好多不能开口的秘密就在门边持续盘旋。

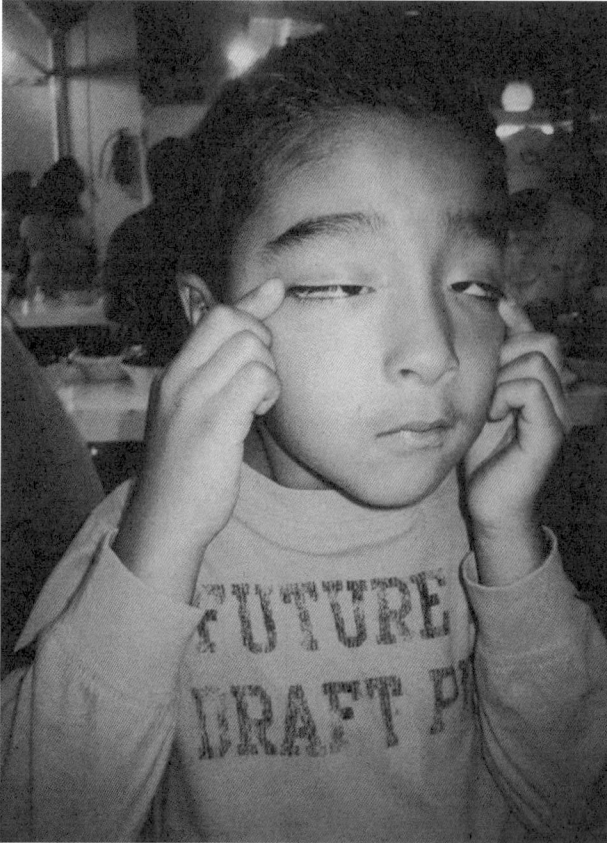

墨西哥小男孩演示他们眼中的华人。
总是这般面容：眼角上扬，
两枚弯弯的小月亮。

我们在墨西哥城郊小镇 Melchor Ocampo 待了一周。
在这里，我终于解开人们对玛雅人末日预言的误读，
他们算到时间的这一轮回结束在二〇一二这一年。
下一年，则开始新的又一轮——

被算出来的"末日"，更像一个全世界意淫，
而发言者玛雅人自己反而置身事外的玩笑。
那些疯狂的人们，
在时间面前常常失了敬畏，
他们不置可否，保持沉默。
一个事实仍无法否认：我们终将湮灭。

摄 / Marjo Yli-Koski（芬兰）

墨西哥城，六岁的艾利克斯（中间），

和其十岁与七岁的两位叔叔（左和右）。

他们家也在山坳街，十余口人的大家庭。

由于人口多、孩子多，

全家最有特色的是从不会有超过三个人同吃一顿饭。

常常是一顿晚饭，全家分四批吃，

分别在五点半、六点、七点和九点半。

艾利克斯最喜欢妈妈和十岁的丹尼尔叔叔。

那是因为，

前者会做十种不同口味的 Taco 饼，后者会讲英文。

# 3

# 青草长满唇边的自由

因为他们的口中没有诚实,
他们的心里满有邪恶,
他们的喉咙是敞开的坟墓,
他们用舌头谄媚人。

——《圣经》诗篇 5：9

# Seattle, USA

团队里同行的日本女生笨拙地自我介绍：她来自岛国，小地方，流落各地的家族。和每一个出走的家人一样，她不想局限在岛上。岛国人太容易狭隘还不自知。她想到辽阔之地。

她英文不好，还不善言谈。最后逼不得已，直接画图和手书汉字，给大家解释，看！海中有山可依止，就是岛。

在马里兰州，来自土耳其的九岁移民男孩告诉我，他不喜欢大陆上的地方，比如伊斯坦堡太陈旧。他的理想是在一座可以流动的岛上建国，想去哪就去哪。

亚利桑那州的牛头市（Bullhead City），名不经传的小城。在那里，我遇见逃北者及其后代。已是美国公民的秀晶，依然喜欢"阿里郎"团体舞，像极了纪录片《意志之国》中的体操女孩。不同的是，她窝在小城破旧的舞蹈教室里，跳的不是团体舞，而是一个人的流民之舞。那时，我们一起排练，她还学会了用芭蕾说话。她轻绷足尖，依稀可见脚背上的青筋血管，微微鼓胀，一脉纹路弯曲成小岛形后，继续缱绻而行——那大概正是她离家的方向。

另一位用脚说话的舞者，是我们团队的义工，来自百慕大。无论从哪个角度，我都觉得她神似娜塔丽·波特曼，尤其是在看了《黑天鹅》后。她自编自导的一小段舞，讲述家里父辈从百慕大辗转到大不列颠的浪荡之旅，惊艳程度超越了我们团队义演中任何一段群体表演。在此之前，神秘的百慕大于我的全部印象，就是会吞没海盗船的魔鬼金三角。

自认识她起，英属百慕大才第一次变得立体。听说她家附近的粉色沙滩可以跳芭蕾，像她一样细数加勒比海的灯塔是不少百慕大孩子的游戏，见证海鹰孵雏鸟曾令五岁的她激动得难以入眠。到英国念寄宿学校时她第一次发现自己的与众不同——拿一样的护照又怎样，百慕大人和英国人是如此不同。更重要的是，很多细节，她会写进歌里，编进舞里。让音乐和身体说话，成为对这位"岛民"来说最柔软的事。

在弗吉尼亚州时，我们做了室友。那时候的一群人，可以彼此一言不发，一起排练对方民族的舞蹈片段，一道偷偷在接待家庭一间神秘的地下卧室中探险。义工服务之余，也可以共同做很多事，无需开口，只要用脚点头。

作家施叔青在离开一住十七年的香港、搬回台湾定居时，以为自己就会停下流放的脚步，终老于原乡。她想象不到，自己竟然很快又一次出走，从台湾岛移居到曼哈顿小岛。她笑称，自己是天生的岛民，这辈子注定在三个岛之间流转。然而，往返于流散之岛的她，其实并不沉默。那些书写香港和台湾移民史，为底层生灵发声的文字，本身已是呐喊。

停留波士顿时，我在公共图书馆遇见一位阅读施叔青的华裔老太。她不是读者，是咨询台的客服人员。她来自台湾澎湖岛，五十年前，初到美国语言不通，在唐人街打过杂，在中文学校教过书，还做过白人家庭的保姆。现在英文早通了，重学了日文，还跟儿媳学了法语，也能做客服招呼美国人了。她最爱做的事，却只是学会口技逗混血孙子。开口讲话，已经不再是必需品。

"还会回台湾的家吗？"我问她。放下施叔青的《风前尘埃》，她叹口气，笑笑，"一介岛民，在哪都没差。念念书，已经回家了。"

西雅图是个好地方。这个以不眠夜著称的城市，有许多离岛，本身也是个远隔在美国东西岸大城市格局之外的意外之"岛"。这一角岛上，没那么多的阳光，却有那么多自由的阴天。下雨，或者不下雨，有风，或者没风，都可以。介于晴天与雨天之间，那么多的刚刚好。不冷不热，温度不高不低。抬头或者低头，闻见一样的空气，算不上芬芳，但肯定不是阴霾。

位于北边湖城（Lake City）的接待家庭藏在绿的明朗的氧中，树木揽着树木，枝叶贴着枝叶。门口那棵大树，像温柔的男爵。

小弟一直在照顾那棵男爵。小弟每天喂它喝水，帮它整理叶子。直到现在的男爵已经生长得足够高大。小弟喜欢西雅图自由的阴天。有时候，阴天其实是个隐形的晴天。日光很低调，透明的身子潜入每个人每棵树——往往不会被察觉，因为温度几乎和体温一样。但小弟发现了，那种隐形阳光贴身呢喃着，他会感到令人紧张的痒。如果直接奔跑进男爵的衣衫去，那他在窗口就能看见男爵青绿色的肩、臂膀、后背通通透亮起来。

小弟是我所在接待家庭里的房客。和接待家庭一样，小弟也是美国人。不同的是，他是拿着美国护照的世界公民——出生在夏威夷岛，两岁就被送回印尼泗水，因为排华风暴几年后全家搬回妈妈的老家：台湾高雄。他小名"岛岛"，也算辗转于几座大小岛的标准岛民。

四年前，小弟一个人到西雅图念公立中学。寄住在父母的美国朋友家，就是我的接待家庭：朱莉叶妈妈、烟斗爸爸、保姆莉莉，他们的三个孩子——十岁的双胞胎和刚出世不久的小小女儿。朱莉叶有四分之一华人血统，烟斗爸爸则是结合美国南部与北部血统的白人。莉莉来自越南，皮肤黑黑，是第一代移民。

孩子们都是缄默派的。双胞胎偶尔调皮，唧唧喳喳，总不过分。小小女儿如一只小羊羔，只会嗷嗷地发出信号。莉莉英文不好，唱摇篮曲的声音也是小小的，常常淹没在隔壁萨摩耶的犬吠里。

小弟是少数派，最最缄默的一个。这个家除了我之外，他是唯一的华人。听说小弟是独行侠。我到之前，他几乎不出房门。每天默默起床，默默吃两片烤土司，默默穿过门廊、厅堂，默默去上学。还有，默默故意绕过男爵。他一定每天都在向它问好。到美国以来，他每年说的话不会超过一百句。

喔，每天能有一句也不错啊，烟斗爸爸叹道。

总之，小弟是个默默的孩子。在哪里都可能被人忽略的那种。朱莉叶妈妈对我说，他们选择做接待家庭，一大半原因是因为小弟。小弟的父母一度怀疑孩子患了自闭症，请求他们带去看医生。他们当然没有这么做，尝试很多办法后只希望尽可能让家里更热闹一点。

于是，我来了。他们单纯地相信，没有人可以像小弟那样，成为不与外界沟通的孤岛。而作为华人同胞的我，或许可以让小弟有些变化。至于什么变化，没有人知道。

这或许是西雅图最老最著名的"局外人"。
二〇一三年九十三岁的李敦白 (Sidney Rittenberg),
手举毛泽东签名的红宝书。
这个来自南卡罗来纳州的男孩在二战后远渡红色中国,
是毛泽东的追随者和共产主义战友。
流利的汉语,长达四十余年的中国生活,包括监牢中的;
如今失落在西雅图狐狸岛（Fox Island）上静默的晚年,
在"中国人"与"美国人"两重身份之间徘徊近一个世纪。

## 青草长满唇边的自由

多国籍又无国籍的小弟有一支笨嘴之歌

·

作为一个少年，你居然对恶作剧毫无兴趣。你不作怪，不扰民，不打人，不喜欢任何形式的吵闹。你不讨好女孩，对插科打诨不感兴趣。你不吸大麻不去酒吧，你没有美国青少年叛逆期的任何坏习惯。

但你是很多人眼中的小恶魔。邻居隆美尔太太朝你打招呼，你不睬。华人牧师做客送来饺子，你不理。开放日老师特意请你为大家做个"假日汇报"，你不起立。朱莉叶吩咐你万圣节带双胞胎出去买材料制做服装，你根本不会答应。你就是不说话，对周遭毫无反应。人们有理由相信，无论是卡特里娜飓风来了，西雅图沉没了，还是山崩地裂瑞尼尔雪山融化了，你都一样。面无表情，默然。

你有一支自己的笨嘴之歌，努努嘴，唇边青草一样的绒毛懒洋洋微动。

是的。好的。就这样。不要。Whatever。

每句话不会超过三个唱词。而你若说出三个句子以上，超音速队一定不会搬去俄克拉荷马州了。

你很特别，因为你的身上找不出更多的太特别。你突然决定退学。朱莉叶以为她已成功说服你去接受治疗，却发现你退学不过是因为你递交你"想退学"的申请而已。问你原因，你依然不语。

朱莉叶从未停歇，一直在思量你的缄默来自哪里。你的父母都很开朗，都是学生运动的活跃分子。父亲是印尼第三代华侨，早年就到美国念书，那时候便和朱莉叶是同学。你母亲是土生土长的高雄人，在同一所大学与你父亲相识。朱莉叶和烟斗爸爸结婚之前，他们两对一度有个伟大计划，骑摩托车环游美利坚——就像上世纪六十年代的摩托帮一样，他们愿意打工卖唱，抛头颅，洒热血，沿路参与社运。若为自由故，爱情也决不抛。

当然，最终没有实现。两对夫妻，分别在美国和台湾加入用生意交换幸福的事业。

对了，最让朱莉叶想不通的是，你父亲演讲的惊人禀赋和你母亲一把融合美国蓝调与《绿岛小夜曲》的好嗓子，结合而出的你，为何如此缄默。

你不认为自己是台湾人，就像你不认为自己是印尼人或美国人一样——手持若干本护照，恰好不能说明你属于任何一个国家。

相形之下，你在房间挂了一面你自己的国旗。青草蔓延，渐变的绿，中间是个树丫形标识。你似乎有一个自己绘画的国度。一个人，唾手可得而稀缺的国民。不知道你有没有看过亚历山德罗·巴里科笔下的《海上钢琴师》——那个海上漂流而永无国籍的孤独孩子，像极了你。

见面第一天，我把随身带的《一九八四》送给你。直呼你"小弟"。

你接过去，平静无奇的眼角似乎闪过一丝暗哑的焰火。还没来得及辨识它的色彩，稍纵即逝。幸运的是，我毕竟捕捉到了。我知道你的心里一定有什么经过了，就像闭眼经过男爵，看不出任何波动和形状，头顶的阴凉、身旁的摇曳还是那么实实在在。

或许，这个世界上有很多个你。那些人们误以为封闭、乖僻、古怪、狭隘的孩子们，那些自我隔离、习惯排斥、选择拒绝的男人们女人们。你有时候这样想着，会轻轻笑出声。摸出兜里揣得烂掉边缘的地图，在上面画下一个又一个圈。圈里，你寻找过同类，圈外，是尚未探索的未知之地。

学校里不受学生欢迎的韦恩斯先生，因为物理课上鼓励学生上街游行，被称为一只怪鸟。来自捷克。台湾那个阴暗国际学校里，最被欺负又自闭的小孩，是个华人与黑人的混血。来自南非。蒂姆·波顿导演的动画短片 Vincent，完全不被大人理解的阴郁男孩，正是你的菜！

于是，捷克、南非、Vincent 被圈定。在你的名册里，你或许会把"Vincent"命名为最新发现的国家。

Vincent 正是你的英文名。

一九九八年，四岁的你和家人在泗水的别墅里。家佣为你修指甲、理头发，换下脏衣服，再刮一下小鼻头，多么幸福的 Vincent！然后，排华风暴来了。在你还以为自己是印尼人的时候，接受难民救助的父母告诉你，Vincent，你是中国人，在这里很危险，所以必须离开。

磕磕碰碰的高雄童年，你渐渐忘记印尼语，学习汉字、国语和闽南话。那个历史书里黄山黄河长江长城的国度，你倍感亲切。爸爸说，以后带你到老家广东台山走走看看。你几乎以为自己是个货真价实的中国人时，你发现想要去大陆参加夏令营，你甚至不可以有台胞证。

你成长的地方，是个岛，两千多万人口，二十五县市。但是你很少有底气称自己是台湾人。这个世界一天天撕裂着你。你有着印尼爸爸、台湾妈妈，和一个新生的印尼弟弟。生活在某种绿色思想席卷的城市，你发现自己是个异见者。你想成为一个没有颜色的人。你维护学校里的黑人孩子，也参加原住民朋友的聚会。

再次从印尼探亲回到台湾，一群男生和你打架，大叫：靠腰，美国人，滚出去！（靠腰，闽南语中的脏话）你嘴笨，不反驳。时间久了，你也无能为力。童年与青春期的负累，是一个个沉默之岛，弯曲的暗流，险象环生。你从一个岛，跳向另一个岛，又跳向一个岛。从未跳出同一片海。岛陷于海中，何以避之。

父母终于决定让你回到美国。所谓你的国家，作为公民可以在公立高中免费完成学业。你很清楚，这个每四年选一个更烂的总统、轰轰烈烈教育平权却好了伤疤忘了痛、两面三刀的国度，根本不属于你。绕了好大一个圈，还是国在里头、家在外头。


日光快要退潮的时候，你喜欢默默走到湖边的青草地。这是我意外发现的。

马克思说西雅图的天气不会让人有过多惊喜或怨气。这是他出生的地方，不算家乡。真实地生活过，记忆过，却在同时包容过去与未来的城里找不到现在。对于你，西雅图更像一个客栈吧。你知道你只是来短暂停留，寄居蟹不需要留念更多。和马克思相反，现在，是你在这里的唯一拥有。

青草地是一个无需实现的乌托邦。你徜徉在那里，像是一种浮游。我那时候正好和团队的几个姑娘约见在湖边。看到你默默地没在青草里，我越发好奇你的心事。当我看到你又一次准时出门后，也默默地跟到青草地。你一定不知道我忐忑走着，特别害怕你突然回头。做贼一样跟踪一个孩子，我感到身为偷窥者的可耻而兴奋。

一群孩子在湖边的秋千嬉戏，推推搡搡，你打我一下，我再还回去。

一个白人孩子说：墨西哥人不能坐！另一个还嘴的就说：那你也不能！

等到他们走远，我看到你一直穿过稀薄的暮色，默默坐上去。秋千也一直沉默着。我看不清你的眼睛究竟望着湖还是天。天空卷着烧透的云，落下一些余烬。稀稀拉拉的人群开始散去。声音慢吞吞地消解。几乎能听见很多风跑过青草地，草们窸窸窣窣地交谈，就在你的脚下。

湖边余下的几个裸体女孩走出日光最后的剪影。湖水摇摆着，"扑腾"收拢了翅膀。一些声音沉下去，一些声音浮上来。我靠在一棵小树下面，居然听到一种悠悠然的调子拨开空气游过来。你闭眼，一动不动，嘴巴微微开合。那一个精致的小泳池，唇齿是晶亮的闸门。开关打开放出清亮的水。调子就这样蔓延开来。乍一看，你的脚还打着拍子，抓秋千绳的手好像风中微笑的树枝，一枝一节地动。

结束的时候，一切都来不及反应。你从裤兜里拿出剪刀，飞快剪断了所有的秋千绳，然后头也不回地离开。我咀嚼出一个美好又残酷的秘密。

你是会开口的，没人的场合。你喜欢歌唱，没有歌词的清唱。虽然还是默默的，但胜过了一整个人群的嘹亮。你喜欢破坏，但你不会说出来。你痛恨你所痛恨的，你会果决行动。

你大概常常这样淹没在人声鼎沸里。你默默地，一个人打拍一个人听，一个人替自己做决定。你默默照顾那棵叫男爵的树时，也会这样清唱。没有人的时候，你默默骑上枝头，像个骄傲的隐形骑士那样，望着朱莉叶和烟斗爸爸的房子，就像凝望毫无关系的远方。征程很远，也很近。从树上下来后还要重新回到那个房子，面对那些自己并不熟悉的人。有时候，躲在炎夏的浓密里，你会看着树下的双胞胎打球、遛狗、吵架、抓虫子、玩滑板。你会看见枝头裹着寒气的鸟，刚刚从瑞尼尔雪山另一头的地方迁徙而来。

回到房子里，客厅在举行一场奇怪的聚会。双胞胎去朋友家了。小小女儿和莉莉在楼上。一堆美国大人们端着叮叮咚咚的红酒，像一群裹着奢华丧服的机器人，按照预定程序输入和输出彼此需要的信息。那些约定俗成的信息不外乎房屋税、股票、性丑闻、微软裁员、欧债危机和萎靡的市场。你能看见他们之间露出肠子牵引彼此。语言管道像输尿管一样，排出白花花的美钞还有墨绿色的黏稠政治八卦。

唉。你像放学回家的普通美国高中生一样，避开这些成年人，默默上楼，把自己关在房内。有人问朱莉叶：这就是你那个中国儿子？

朱莉叶笑答：台湾来的，是个孤僻孩子。不必管他。

我和几个我们 NGO 团队的队友也被朱莉叶请到人群中。美国式嘘寒问暖，人们惊呼，做间隔年义工的年轻人多么不简单！再惊呼，中国现在这么开放了——当然，是指心态。

原谅我，如果不是这样的间隔年旅行，行至更加多元的美国普通家庭，我不会亲身体会这个地球全然不是人们自我意淫的那般。美国某常春藤大学中国留学生被爆成绩单造假，作弊。某州中国留学生强奸女房东被起诉。加州华人留学生租住高档别墅，吸毒狂舞扰民。中国留学生无驾照超速驾驶，在美酿车祸，被控罪后，其父母赴美提交百万美金当场保释。这些美国大人们就像在惊呼，现在华人孩子不是都应该搬金砖来美国，抢着去上常春藤名校，而不是被放风一样穿着脏兮兮的衣裳参加义工漫游。

我语塞。从一开始，就语塞。

然后他们迅速转头切换频道，重新扑进客厅里的全球化，热情意志照常升起。我瞬间发现自己变成另一个你，在那样的空气里坐立不安。我开始理解你的隔绝。这里的确有一个世界，你既在门口拒绝进入，又被无形的神秘力量推得更远。

直到我尝试在朱莉叶的厨房做独门香菇鸡的那个周末，我们团队的停留就要结束，因为朱莉叶他们表示了对于正宗中餐的强烈期待，那个周末成为我们的特别家宴日。水泡整夜的黑色香菇、大朵大朵的鸡肉块，我在锅碗瓢盆里发动了一场始料未及的革命。

忘记买醋！川花椒、白胡椒、八角茴香草果纷纷缺货。原来美国超市的生抽如此寡淡。只有平底锅，没有深口大铁锅。

一阵凌乱后，我决定只能改做香菇汤和盐焗鸡。革命刚刚燃起星星之火，一只阻挡燎原之势的手，切断我的思路。

居然是你递过来一张便条。

菜单：三杯鸡。印尼焗大虾。九层塔蛤蜊。鱼香土豆泥。彩椒鸡蛋。

姐姐，我和你一起做。

落款是：小弟。

原来，你不仅头天晚上计划好菜单，还买好了所有食材调料。这场革命，不只没有被阻挡，反而因为新力量的加入，如日中天。我们穿行在厨房。身后的朱莉叶和烟斗爸爸惊愕不已。你嘴笨，可是你的手比男爵的枝叶更灵巧。你在厨房如鱼得水，十指翻飞。台湾的、印尼的、四川的、杂牌的，各路美食欢快流出。

这一刻，我猜那些大人或许有一点懂你了。你闷闷不说话，不是你冷血或者自闭，只是你不想说话而已；你会唱歌但你不唱，你擅长做菜但你不做，只是因为你喜欢你选择不唱或不做的自由。就只是这样而已。你明明是个善良有心的孩子，就像你照顾的那棵男爵一样，默默地站着、坐着、走着、活着，尽力不伤害别人，也不想被别人伤害。别人无法察觉的"默默"里，其实你在光合作用，你在生长。你早已吐露出明朗的绿的氧。

晚饭席间，我看见双胞胎雀跃着抢食大虾，看见莉莉喂给小小女儿土豆泥，看见朱莉叶和烟斗爸爸始终不可置信的脸、如释重负的眼，和听到他们赞不绝口的声音。

而你如常，低头安静地咀嚼，默默夹菜。我感到另一个默默的画面突然撞进来。

一周以前，我还是刚刚寄居于此的客人。第二天午后的客厅格外安静，墙上的时钟像颗持续衰老的心脏，滴答一动，生命便迟缓一秒。朱莉叶和烟斗爸爸没在家。莉莉在后院晾晒衣服。被男爵过滤后的阳光游进屋来，发出迷人透明的清香。我蹑手蹑脚地进屋，看见小小女儿的婴儿车边，一个穿着破烂牛仔裤的男孩正默默俯首。

你大概并没有在观赏那个小生命不同于墙上老心脏的律动，而是正好发现这个未来淑女在尿床，你不会立刻通知莉莉，你甚至面无表情地窃笑——依据当时初来乍到所听说的你"小恶魔"的名号，我无论如何也想不到其他的可能性。

然而，我被自己看到的画面打败了。你低下头，离婴孩花瓣一样的脸越来越近。速度很慢，那间歇，我甚至可以看清你唇边青草一样的小绒毛飞扬的角度。你吻了下去，婴孩薄薄小小的唇。那些青草轻轻扫过，就像什么都没有发生一样。她没有哭，两颗葡萄籽一样的小眼睛和你直愣愣地对视。空气和光线在你和婴儿车的位置略微停顿，然后绕过这段热恋，继续默默游动。

没有什么缘由，我确信那是你的初吻。

西雅图。有时候分不清是海边还是湖边。
就像你分不清存储在这个不属于你的城市的，
是现在，还是过去。

你的视线里，大概看到的是这些景致？
天空卷着烧透的云，落下一些余烬。
稀稀拉拉的人群开始散去。
声音慢吞吞地消解。
几乎能听见很多风跑过青草地，
草们窸窸窣窣地交谈，
就在你的脚下。

望天、望海、望人群的孩子。
这里的确有一个世界，
你既在门口拒绝进入，
又被无形的神秘力量推得更远。

你是会开口的，没人的场合。
你喜欢歌唱，没有歌词的清唱。
虽然还是默默的，但胜过了一整个人群的嘹亮。
你喜欢破坏，但你不会说出来。
你痛恨你所痛恨的，你会果决行动。

西雅图缄默如小弟的小男孩，
参观原住民历史博物馆时，终于开口。
他问来客，为什么我不是"原住民"呢？

# 4

# 边境不开口

对于不可说的，必须保持沉默。

——路德维希·维特根斯坦
Ludwig Wittgenstein

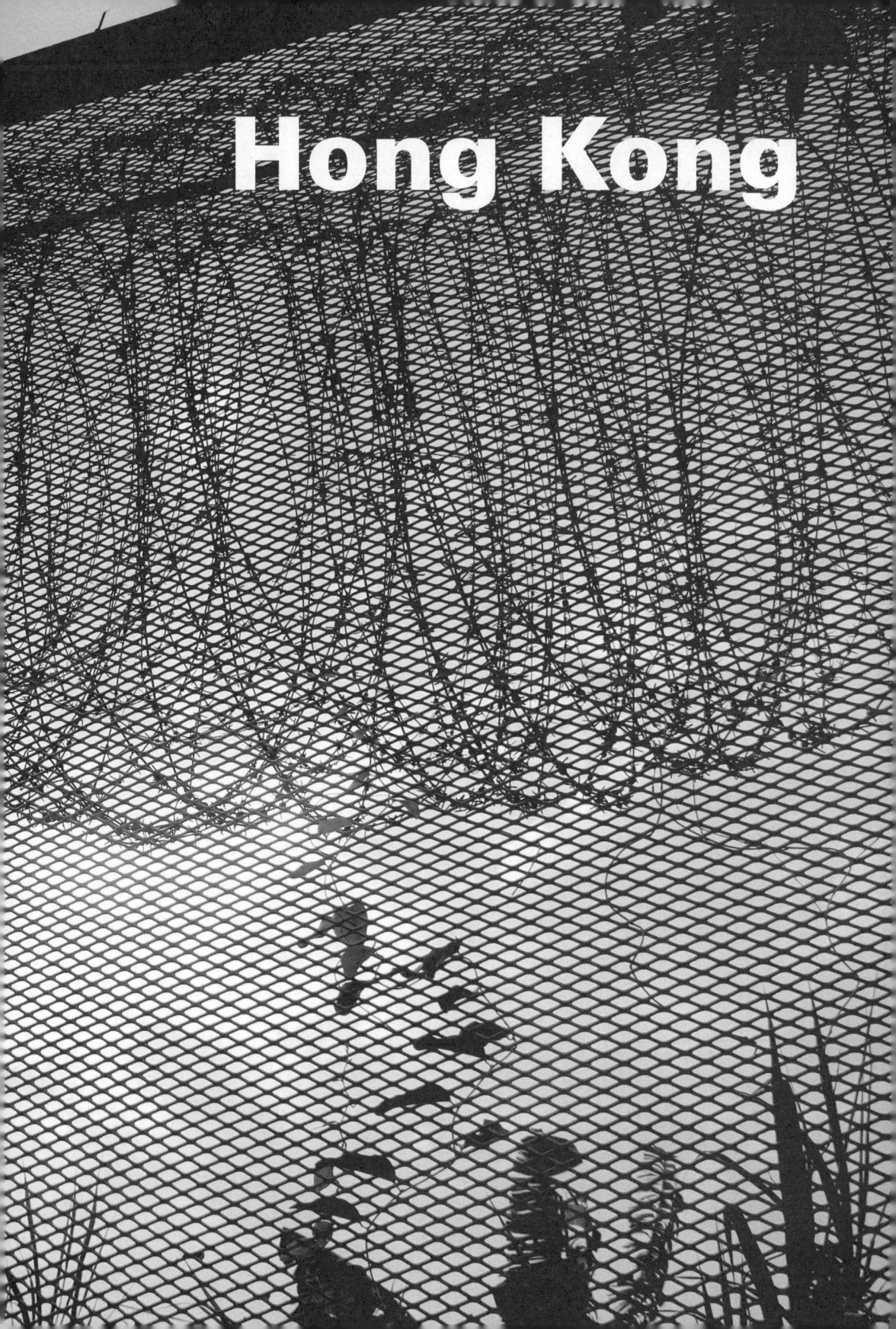

# Hong Kong

曾经生活过两年的城，一如既往是个悬浮又隔离的场。虽然，偶尔，这也是座被自由冒犯的隔离区。好在有时候，这里是出人意料的静默。

每天清晨，港铁地道中，低压压的脚步匆匆来去，却无喧哗，捂着手机话筒打电话的手，即刻遮蔽了那些言语的秘密生活。你甚至听不到一点像北京上班高峰期地铁里惯有的那种国骂和嘈杂。

每天黄昏的港铁车厢里，肩顶着肩，脸挨着脸，呼吸喷吐着呼吸，谁也动弹不得。这时候，呼之欲出的声音，和紧绷的空气一样屏息。海底隧道是一段连接港岛和九龙的肠道，每天定时吞吐上班族，新陈代谢。那些观光客财大气粗的喧哗，很容易迅速被识别出来，就像不易被消化的食物。

肠道里另外一些人，在这里一无所有。没有父亲没有钱；没有房子没一纸身份，无法主宰任何人或事，甚至包括记忆本身。他们和港铁里上千个静默的人一起。那群皮肤干裂粗糙、头发油腻的乡下人、菲佣、新移民、非洲小贩和劏房客一块涌进香港的嘴里，随后可能就被它吞噬。

平常的日子，城市隔离他们并咀嚼他们，周末或者假期便再吐出碎片。

再次踩上这里，脚步的尴尬，总在云端之下、尘土之上。走出这个有着最大屋顶的机场，那种人群挤压之中无力的悬浮和隔离感，幽灵一般蹿出来。水泥高峰切割的城市，由一个个蜂巢一样的隔离区构成，人时常出也不是，进也不得。

嘿，别忘了，是冷酷的房子在把关。

除了凝聚中环价值、人尽皆知的港岛，香港其实还有很多"岛"被隔离在亚洲购物天堂的版图以外。比如被贴上诡异和恐怖卷标的重庆大厦，正是位于尖沙咀市中心的"隔离区"。长洲、南丫岛之外，鲜有人听说过被房产隔离的马湾。更奇异的是，上面有一艘据说按照一比一的比例建造的诺亚方舟。香港这座擅长安置难民和流民的城市，很多时候正是一艘大型诺亚方舟。它一度有过两个"隔离区"，在城市边缘，一个偏于调景岭一隅，一个在早已消失的摩星岭公民村。大迁徙中流落于此的"中华民国国民"，一度未曾到过台湾，没做过一天台湾人，苟延残喘之地却被唤作"小台湾"。

我悄悄观察马克思。他两手插着裤兜，似笑非笑地看车窗外一闪而过黑压压的摩登森林。我猜这个香港多半不是他想象的那一个。

五颜六色的语言漂浮在林间，以无法辨识的速度疾驰，又蒸发。森林由一棵棵水泥钢筋的树构成，长在建筑师乔纳森·D·所罗门(Jonathan D Solomon)所说"没有地面的城市"的三维版图上。这里没有雾霾，但光合作用是狭长而尖锐的。坚硬的植物们呼吸如哭。

在这个让人有些缺氧的植物园，我看到那株透着光亮的"小树"。

年轻孩子们争先闹腾，好奇打量我们这群不速之客。一众黑框眼镜小男生里的他，嘴抿得紧绷绷，远远看去，寂静得近乎邪恶。眉眼是干净犀利的叶子，颧骨倔强地撑着。一言不发。有时候抱着胳臂，无所畏惧地回应我们的目光。

他叫阿祥，香港人，大学艺术系新生。他曾经是这样一个孩子。三岁时仰着脑门问爷爷：我多久才可以长大？爷爷大笑：细佬哥，没腰骨，拿身份卡都不够，还早着呢。

七岁时，仪式般领到儿童身份证了，他却不再说话。从此对卡片式各类证件充满恋物的温柔——它们，像小叮当的时光门，像麦兜不过期的鱼丸和粗面，恍如神秘成人世界的通关密码。

十九岁时，腰骨彻底长硬了，我和马克思一起见到他。

这座香江、物欲与全球化滚动流转的城市，本不是我们停留的选择。然而命运时常是一件礼物，意外的人和事，总能不期而遇。演出、游戏、义工活动之余，我们终于和阿祥有了更深的接触。

另一个叫阿东的孩子说他是哑巴。我知道马克思肯定不相信。因为他们撇嘴坏笑的弧线是多么相似，分明有声带撬动的气流吹出来。喉结隐秘地动，口舌里的秘密只有自己知道。

三天后，阿祥和我们打成一片。五天后，我们一起去九龙公园爬树。树接近地面的树干上刻着：请你告诉我你好不好。

请你告诉我，好不好？不需要发声，只要点点头。

七天后，阿祥带我进入他在边境禁区的家。我终于见到另一个香港，那个有蝉鸣、林荫道，鸡犬相闻，远离庙街、兰桂坊和半岛酒店的香港。我见到他的爸爸、爷爷，禁区内两处斑驳的老房子，一个被历史禁闭的空间。我开始进入那个隐形的村庄。

祖孙三代的故事原来是一张细密的地图，谣言、血迹、家族秘密、香港边缘史，成为一个个具体地点，渐次显影。

禁区内沙岭村附近,
原居民看到外来的"闯入者"。

## 边境不开口

香港边境禁区祥仔与其父辈所走过的童年

### 阿祥

从一开始我就知道你也是从外面来的。和多年前的阿芬一样。

平心而论，其实你更像我那时想象过的十五年后的她。你叫我"阿祥"时，音调清澈又笨重。我听得出那种声音的抛物线，是某种南方口音和白话的混合。声音拐弯时被犹豫撞了一下，本已扬起，继而重重落下。外面的声音，大多如此。但你的，有些猜不透的不一样。

听我老窦（广东话，即父亲）讲过，在我出生前的很久以前，你们的"外面"和我们的"里面"就已经很不一样。高高的铁丝架，一层、两层，然后是品字形的铁丝网，一圈、两圈。

这头是里面，那头是外面。英国员警守着的盒子形碉堡，一颗、两颗，硬邦邦插在山头。尖顶的它们常常转动着，喷出白花花坚硬的光，一道、两道，跑过村子、田地、荒野，还有我老窦的老窦喜欢的那坨小广场。

小广场是一片没有名字的坟头。竹园村的边上，矮矮的石块，一坨、两坨。和野草一起乱七八糟地睡在那里。据说，老窦的老窦在比我和阿芬更年轻的时候，趴在那里哭过一夜。

老窦的老母从铁丝网外面爬进来时挺着大肚子，周身发出诡异的紫蓝色。她生出老窦后立刻睡进其中一坨石块里，名字也没有留下。哇哇哭的老窦被抱在当时还未成年的细路哥（即小男孩）怀里，细路哥便从那天起成了老窦的老窦。

至于老窦的老母究竟从外面的哪里来，为什么一个人来我们这里面，没有人知道。那时的我不知天高地厚地向老窦发问，知不知道他老母是谁。他摇摇头，吐出神秘的烟圈，再吹出一个"嘘"。顺手掴我一巴。啪！

细路仔，收皮！

老窦用掴让我"收皮"的"发问"还有好多，比如，为什么无论我们这些里面的人出去到外面，还是外面的人进到里面都要拿着一张奇怪的纸；为什么沙头角就在我们的里面，还要被一分为二：华界和港界——我爱的红豆冰在港界，我爱的那条长海堤却在华界；又为什么我可以跟老窦到华界去，华界的阿芬却不能到港界来；为什么我六岁那年，一队装满军人的卡车"突突突"从文锦渡开进里面，又从另一头开到外面后，大人们就开始议论我们里面快要和外面变成一个世界了；为什么后来我们的里面依旧是里面，外面依旧是外面。

还有，我亲生老母（广东话，即母亲）。我从未见过，也从未听我老窦和老窦的老窦提起过的我老母。为什么我像老窦一样不知道自己的老母是谁。所有的为什么，困扰着我作为一个顽固的细路仔的全部时光。从一岁到七岁，老窦总是一瞪眼，一喝令，再一捆，啪！

细路仔，收皮！

收皮！收皮！后来，我一怒之下，便真的收皮了。

七岁开始，我再也不开口说话。阿芬觉得奇怪，不跟大人说话可以啊，为什么连对她也一样待遇。我隐约感到那种小男子汉尊严的两难：说，或者不说，都很难同时表示我很认真，她对我很重要。不过，一度的纠结，并不能阻挡我人生最重要的决定。直到里面的人们纷纷不再记得我只是装哑，而是开始默认我是货真价实的哑巴，直到我听到古惑仔的新三字经：人之初，口多多！手指指，食鸡屎！牙斩斩，死得惨！（"人之初，口多多"，意为童言无忌，口不择言；"手指指，食鸡屎"，意为识少少，扮代表；"牙斩斩，死得惨"，意为祸从口出）

我就知道老窦赶在世界之前教给了我最重要的一课。


二〇一〇年。你们来到香港时，我正在纠结期末作业。视觉文化的装置作业，以"家"为题，随意发挥。我的脑子里，蹲着一只呕吐的貔貅，瞪圆了眼，张大了口，哇啦哇啦恶臭的香江倾泻而出。蜘蛛、生蚝、鱼骨、金砖、牌位，全都泡在江里，一道下流。当然，江是用铁丝和尼布条做的，其他的估计要用上胶泥了，我猜。

阿东过来叫我时，我陷在貔貅邪恶的口水里，不可自拔。

一帮做义工的鬼佬来了，去看不，有靓女！

我从臆想里出来，有些不舍，点点头又摇摇头。阿东敲我一下，打跑了我的貔貅。

不算上庄（打麻将做庄主的意思）啦，知道你不喜欢那个。你又不用开口，跟我去看就 OK 啦。

惯常一样，他总是很容易说服我。只要不需开口的任何场合，他自然想到我。我从不参加任何多余的活动。多余，在我的世界，外面的很可能就是多余的，需要开口的肯定是多余的。

这一次，要不是想到跟阿东去到礼堂那边还能顺便绕去找找五金店的铁丝，我定然不会去围观什么鬼佬。学校里从不缺少的鬼佬，早先去英国念中学朝夕相处的鬼佬，早已让我生了厌。让人生厌的鬼佬气息通过语言做介质。它们始终趾高气扬，它们有独门专制的语言，昂首挺胸进入我的毛细血孔，容不得反应。我以用他们的语言反抗为耻。

我漂浮在英国那个鸟不拉屎也不生蛋的小学校时，它们就是贴在我脑门的一张 "rice picker"。我只要一言不发，它们的任何伤害都无法得逞。

歪打正着的这一次，莫名其妙的这一次，我竟然会主动去看鬼佬。重要的是，我见到了你们。和鬼佬在一起的你和他。

一群据说是从美国过来的义工，各种肤色各种国籍，自然是不讲白话讲英文的。我们学校接待你们在这里义演，你和他在其中鹤立鸡群。除了都是亚裔的黄皮肤之外，我还隐隐地看到一种紫蓝色的光。那种一直以来似曾相识却无法言说的光。你浮在光里面，光里面又浮着无数的微小生物，它们尖叫、抱团、旋转、跳跃。你用简短的英文自我介绍后，居然同时用国语和蹩脚的广州白话向我们打招呼：唔该，你们好啊。

那种紫蓝色的光兀自扬起，再降落下去。

阿东拽着我挤过一丛丛金发靓女，凑近去看，没想到便离你和他这么近了。你后来告诉我，第一次义演前，你发现这些和你们交流的香港本地小男生，清一色头顶光亮的发蜡、黑框眼镜、唧唧喳喳。而你一眼看到那个安静得近乎邪恶的我，就觉得与众不同。

你说这是你的癖好，眼神总追着不开腔的人们。我敲字在手机上给你看：我的邪恶是从不说出人们的邪恶，以至于憋了一肚子比邪恶更邪恶的坏水。你笑了。你指着他，那个叫马克思的香蕉人，说，阿祥，看，有比你更恶更厉害的呢。

重新想起第一次认识的那晚，义演什么的都没有记忆了。尽管阿东总是一遍遍提醒我那个高大丰满的德国靓女跳的桑巴有多么震撼他心，我还是只记得义演后那个奇特的身份游戏。

你、马克思、我，成为战友。我们所向披靡，在一众喧嚣的队伍里胜出。

五颜六色的卡片代表不同类型的身份证，一人数张，自己写下若干身份特征，然后去寻找和自己有最多相似特征"身份"的人组队"建国"。建成的"国"可向自愿加入的"国民"发放护照，一起商讨"建国纲领"并演示给大家。至少三人成国，最短时间内建成最独特的"国"的即胜。

身份，比如未成年老大人、骷髅将军、非主流食饭族、裸体摇滚范、书虫教父、不喜欢汽车的城市魔女、屋顶物理学家——总之必须跨越种族国籍民族职业的概念。

国家，比如农艺、巧克力和动作片爱好者共和国、左撇子素食主义巫师联盟——总之国名内不可少于三种身份特征。

这立刻成为一个悖论。人人愈想用"身份证"展示自己的与众不同，赢得找到同路人更多的可能性，写出的卡片越多，然而找到的不同类型的人也越多，当众人聚之却发现共同点越发难以整合。人人都希望以自己最独特的部分为核心建立一个"国"，往往事与愿违。阿东兴奋地和一丛各国古铜色性感靓女在一起，险些建成一个"恋爱五次以上喜欢飙车日光浴部落"。只可惜阿东一身比香港热销奶粉冲泡出来的颜色还白嫩的皮肤把他打回原形。

东，你不可能喜欢日光浴吧。一靓女捏捏阿东的脸，好不容易发出"Tung"的音。

这样的游戏，你们都是第一次玩。主持者是你们团队里那个脸如八号风球天一般森严的墨西哥老头。他舔舔手指，摸一把油腻的头发，开始数那堆空白的卡片。他发给你卡片，眼睛却向那个马克思开炮。

那股火焰似乎在说，你安分点，待着。可是，你写下一个词的同时，我还是看到那个马克思几乎毫不犹豫地朝你走去。

我一丝不苟握着"身份证"的手，颤抖着。我感到我的汗水和我一样紧张，手心里、脖颈处，甚至是舌尖，都闪动着那种微微的潮湿。瞬间，好多小卡片同时漂进我脑子，不同颜色、质地、气味，像无数扇微型的门，背后锁着不同身份的人生。

你可以试着想象：从推开我家那个"里面"人人都有的"禁区纸"开始，我曾一度渴望过的儿童身份证、那本在英国丢弃过的深蓝色护照、阿东家里花了一大坨人民币为他弄到的永居证、邻居叶阿公给我展示过的他的大陆"身份证"——那张文物一样久远的流动渔民证、他回老家仍旧必须揣着的回乡证，这么多，那么复杂。

一直以来，这些我既倍感亲切、焦虑、好奇、恐惧又难以理解的卡片门，极力证明我们是谁，却又往往证明不了什么。

对吗？

不过，这些都是我和你"聊天"的后话了。

一九九五年。第一次在华界见阿芬的时候，五岁的我心怦怦地紧张跳着。花褂子、蓝短裤、脏兮兮的脸、乐呵呵的呆，她，一样五岁的身体居然也闪烁着那种传说中的盈盈紫蓝色光。不知为何，我老窦的老母，多年前那个我根本没见过的紫蓝色女人影子突然啪地印在我的脑瓜子上。我很少见到阿芬的妈妈，偶尔中英街上见一次，被老窦知道了定然暴打我。

华界沙头角的中英街社区，就像一个岛。有人叫它禁区中的禁区。即使是港界的人，如果没有房子在这个岛里，也不可以随便进入。阿芬和她妈妈那些人虽然生活在岛里面，但被老窦称为"外面的人"。不许和外面的人在一起。外面的人，不是香港人。我们这些香港人，住在里面，却在香港的外面。

我只好偷偷地跟阿芬共享我的秘密海堤，阿芬则带我去看那个新建的中英街博物馆。奥秘不在馆内，而是馆外。我们爬到顶楼的观景台，可以看熠熠发光的海，也可以望见那条以空气为墙的街。炎夏，在这里是一个江湖。空中的战鼓，轰的一响，我蒙住阿芬的耳朵——黑道来了，老大怒了。

像巨型烟雾弹炸开，银色的帐幔翻腾在海面，雨水就像古惑仔一样聒噪起来。我用粉笔划在天台壁上，骄傲地解释：看，这就叫翻云覆雨。阿芬认真点点头，终于学会一个新成语。

听阿芬的阿婆说，早些年的海岸更美。那是维多利亚港无法匹敌的。旁边盐寮下村的码头，港界的人以捕鱼、晒盐为生。日头一出风一吹，盐田水晶亮晶亮地闪啊闪啊闪。那时的云雾才美啊，都是阳光和盐抱在一起，升腾起来，白灿灿的，一团、两团。喜怒哀乐交织的海水，浪打浪，气鼓鼓傻笑，一朵、两朵。

我和阿芬在楼上看完，就跑下去到海边。下楼梯时阿芬总会紧紧攥住我的手，过去喋喋不休的她，那时出人意料的安静。我们的七岁、八岁、九岁，是泡在江湖里的光。粤语、国语、吵架、打闹、撒娇，全都跑走了，只剩下海风、鼻息跟沉默。

趁着大人看不见，我们就翻过拦网，去沙滩找寻盐的遗迹。一夏天的时间都蒸腾干净了，阳光仍是咸咸的。我们都是世间的盐。如果记忆可以防腐，那一定因为我和阿芬从小在一起。

多年后，我再次站在同样的位置，再也望不到那些与阿芬分享的风景。港界低矮的老屋仍在，华界这边却早已鳞次栉比。切断当初我们望见中英街视野的不只是楼群，是时间。

观景台上，你站在我面前。背着光的剪影，像极了长大的阿芬。虽然我也没见过长大的她，但我就是知道一定是这个样子。我在纸上跟你"说"起阿芬，你问我，你们也像我们这样交流吗？她说，你写，对吗？

我摇头。

自从彻底收皮以来，我所熟悉的那个阿芬也变得不多话。我不需要写，她不需要说。我们继续是我们。沙头角继续是沙头角。禁区继续被禁闭。香港继续香港。

她钩钩我的小指头，我知道她要返屋企（即家里）。吸吸鼻子，就是要揾食（即找吃的）。突然掐我的胳臂，啊，一定是不高兴了。我一跺脚，爬上家门口那棵树。树顶接着我家房顶。她噔噔进屋上到四层，坐在顶上斜眼看我。我歪脖子，故意不看她。

往下一望啊，就是隔壁中英街派出所。大盖帽叔叔和香港警署的制服人不同。心情好的时候，我吹口哨。像电影里小混混那样，发出吱吱的声音。阿芬，便学警车唱歌，嘀喂儿——嘀喂儿——

我俩天天守着那，看屋外树下人来人往。我回港界念小学，她就在中英街她阿婆的摊铺待着，等我。每次上学离开，我故意酷酷地不回头，我知道她一定眼巴巴望我的背影。因为刚认识时她就说过，祥仔，我想像你一样有禁区纸，变香港人，上学去。对她而言，越过中英街边境，到港界就是香港了——她哪里知道，出了禁区到我上学的粉岭还要一个钟头，粉岭之外，真正的香港还远着哩。

后来，我老窦带我去了英国念中学。我上课，他打工。中餐厅里小伙计偷偷生下来的女娃，老是让我想起阿芬。香港与英国，近六千英里距离，阿芬们却一样，因为一张小卡片东躲西藏。为了一张小卡片，拼死拼活。

来不及告别，似乎也不需要告别，我总觉着阿芬一定还是待着，就只是待着。

除了她，我从小没有其他朋友。后来的阿东绝对是个例外。以前，我跟着老窦的老窦住旧家时，竹园村还没有废墟，老人挤着老人，狗望着狗。老窦天天出去赌，我天天跟大狗玩。后来搬到岛里面，香港小孩本不多。像阿芬一样禁区"外面"的孩子，没几个跟我玩。何况，我是个不能和他们吵吵嚷嚷的哑巴。

我回到香港时，阿芬不见了。我有时甚至怀疑，阿芬从未存在过。就像我的童年，那段一半说话一半沉默的细路仔时代，或许其实从未发生。

后来，我懂了。我们同属一片禁区，然而对于阿芬，我始终也是"外面的人"。只不过，我这里的外面，正是她曾经渴望归属的外面——是她妈妈告诉她做梦也想要的那个"外面"。

这个世界就是这样。我们自以为属于里面，其实统统在外面；而我们想要去的"外面"，只不过是另一个"里面"罢了。

二○一○年。游戏那天，面对我再熟悉不过的身份卡片，我呆滞地写下我所拥有的我自己：禁区居民，客家人，认识中文、英文和一点点法文，不喜欢奶茶，哑。没有特别的爱好，也无任何拿得出手的与众不同。哦，对了。最后我终于又补上两条：还可以听懂客家话和粤语，喜欢折纸与爬树。

我乍一抬头就看见你和马克思快速走来。你们把卡片铺排在我面前，我总算明白你们那种不约而同的笑意早已洞穿了我。

你的"身份证"很简单：不爱说话；移民城爱树人士；文字工人，特别是中文；懂手语；白日梦生产者。马克思的，则是中英文双语；伪华人；多重身份流浪人士；颜色识别与上树专家。落款：我是不说话的魔鬼。你们是不需商量的彼此。而我，怎么有此殊荣和你们一样？我突然有种错觉。你们是一对孪生兄妹。我是你们认识许久许久的老友。我们知晓对方一切，却偶尔故意装作初识。

当其他人还在组团争论，我们三人已经建好了"树木情人与流动人生的萨米亚特王国"。我们的纲领是爱护树木、方块字、被禁忌的一切，以及空气。宪法是让空气讲话。全过程不超过两分钟，我们无人开口。写字解决一切。这个"国"把我们连在一起。即便我们的护照颜色完全不一样，我们也确是同一国的。这个国度很安静，声音是被隔离的，语言是危险的，但没有什么比写字更美好。就像我们同处于一个"里面"。

至少，在你们和你们的团队停留在香港的那段时间里，我从不感到我是隐形的。

游戏结束后，我很乐意向你们正式介绍我自己。我是阿祥。十九岁。住在沙头角。喔，你可能听说过的那条著名中英街，就在我家旁边。我喜欢用一张、两张、许多张纸和你"交谈"。谈谈我家，我和阿芬，以及我们的"里面"。你大多数时候不说话，只是笑。偶尔摸摸我的头，也和我说几句白话。

阿祥，你是个很特别的孩子。

阿祥，你爸爸怎么能打你？给我看看你的手。

阿祥，真想去你家看看。那是怎样一个禁区。

阿祥，有没有发现你和马克思，很像的。

我喜欢和香蕉人马克思用铅笔、炭笔、粉笔，甚至沙地上的石块写字嘲笑彼此。他真是个独特的香蕉人，写的中文和英文一样好，中文注音符号和德语拼音一样滚瓜烂熟，还懂仓颉拼音呢。而且，还和我一样喜欢爬树。

我们偷偷溜到九龙公园那一次，天空卷着火焰，既不点燃，也不熄灭。一切都刚刚好。那棵险些被我们踩断的洋紫荆树，你刚好在底端发现被人刻了字。你刚好"啊"了一声时，我们刚好跳下来，一个制服人、一群陆客和他们的喧哗也刚好经过。我们在没有被发现爬树的兴奋里跑开，也刚好在兴奋里忘记问你树下刻的那些字到底是什么。

那一刻，我很确定我们是不同于那些喧哗的另一国。马克思把树上摘下的一片叶子做成兔子，放在公园外的街口。那些穿梭于尖沙咀的人们，都在他们的钞票与喧哗里战斗着。高跟鞋叮叮咚咚，南腔北调此起彼伏。我想不会有人看见那只沉默的树叶兔子。你看了我一眼，心知肚明地笑。

人们一说话，我们这一国就变透明了。马克思就是透明的国王。

现在，我终于把你领到我家。

费尽周折找中英街金店的罗婶帮我，一张保你进入我们"里面"的禁区纸才终于拿到手。香蕉人马克思的美国人护照，却决定了他连申请禁区纸的资格都没有。你跟着我看到老窦的老窦那坨专属的小广场，一只乌鸦像惊叹号一样划过去。你一定听到了竹园村里的叹息。

老窦的老窦，太老了。据说很远的过去他更喜欢老窦叫他"老野"，而非"老窦"。可惜村子里的杨桃树都和他一样老去之后，老窦也见不到他了。直到那些杨桃树烂掉在一片废墟里，他还一直住在废墟旁边的棚屋。老窦和我搬去华界那边的大楼时，他死也不肯离开。废墟里还供着祖先哩。

祖先，就是那些被拆老屋废墟里的神龛。我实在想不通，到底是啥样的祖先装在盒子里能让老窦的老窦如此，魂牵梦绕。

### 老窦

我从不是信祖先的人，从小就这样。我知道我老母从大陆逃港的，但我不知道她是谁。连我老窦都不知道的，我怎会知道，我的老窦，其实也不是我真的“老窦”。

老母怀着身孕爬过禁区的时候，我真正的老窦恐怕还不知道吧——老母用生命换来了这一切：有一天，我居然莫名其妙成为香港人的儿子。一个连自己祖先是谁都不知道的人，随着老窦摇身一变——变成香港禁区的“客家人”。

过去我常常赌，每次看到赌场门口的貔貅，都能想到我们家阿祥。肚子大脖眼小，只管进不管出。这不就是说这仔么。咕咚咕咚的秘密、谣言、车仔面，和生炒糯米饭，他可以一口气全吞进肚，然后安静得像只小老鼠。他是被我打出来的。因为我一直后悔自己当年怎么没做一只安静的小老鼠。面朝铁丝网，春不暖花也不开，我索性做个混乱又混账的人。

那个年代，铁丝网就是最敏感的神经。

一网之隔，两个世界：一边是洋场、戏院与夜总会，时刻恐惧逃港人潮和被输入左派革命；另一边的公社、大锅饭和生产队，则严防“资本主义腐朽思想”入侵。一头是贫穷和饥荒，一头有温饱，人自然全跑来了。阿祥这一代肯定难以想象自家所在的禁区曾是很多逃亡者向往的“天堂”。

逃亡者从铁丝网的洞中伸出手过来向我们拿吃的。我就给他们菜叶子、大米、面粉。小时候我亲眼见过内地解放军在边界收拾那些病死、累死、饿死的偷渡客。长大后，才知道那些一袋一袋面粉袋子一样的包裹，全都是尸体。

我一向不是个安静的仔，偷鸡、抓野猫、掏鸟窝、捣叶叔家住的果树，哇哇乱叫搞乱任何可能的宴席场合。后来私藏华界传过来的画报，很红的那种。根本不懂到底讲了啥，只知道暴动的时候大人们都喝高了一样兴奋，传阅、抄写、再传阅，然后烧掉。我偷偷摸摸打开毛泽东的脸，看得心花怒放，一想起老窦磕头拜祖先的样子，就觉得这是报复了我老窦。

后来，一个教授到禁区来研究，找我聊，我才知道其实早年“港英政府”监视禁区的名单里，有我的名字。

老窦一次差点打烂我的嘴。七十年代晚期，英国人加固品字铁丝网，老窦他们大人去帮忙。到了夜里，我就和几个老死（即死党）拿钳子一截一截地撕坏。第二天，流言传开，村里有冤魂游荡，连铁丝网都咬破了。我参与到处讲故事的人群，最神奇的部分：去看哪，连小树林的杨桃上，家家户户门口供奉的柚子上，都布满齿印。

故事甚至传到英国人那里，他们立刻再把网补上。这也很正常。就算我们不撕坏，逃港的人也会的。他们随时预备着。我内心始终把自己当做一个行侠仗义的英雄。没有名分不要紧，重点是我背着老窦做事，并且乐在其中。

终于，老窦逮到我半夜出逃，逃不过好一顿狠狠打。凶残的巴掌，凶残的脚。我的脸肿了一个月多，身上一片星辉斑斓。老实说，我很享受老窦的暴力。他每每释放出的敌意，古老又新鲜。他恨我，我笑，他踢我，我笑，他捆我，我继续笑。最后他拍拍我的头，我还是笑。我觉得这是对他的又一次报复。他是我的老窦，但我不是他的儿子。竹园村、沙头角都是我的香港，但我不是香港人。

到后来，我也分不清他是恨我不是他儿子，还是恨我不是香港人。听老窦说，最早时他替我在沙头角办的是内地户口。一九六〇年后，才领了香港身份证。浅蓝色、夹心胶片，开始时连照片都没有。

唯一安全的事是，我的儿子一定会是香港人。

### 老窦的老窦

我藏了一个秘密。本打算让它烂掉在我肚子里，没想到阿芬妈妈居然找上门了。

于是，我决定让祥仔跟着他爸去英国。

祥仔十六岁时他们回来了。他多了一个小阿姨，小阿姨是他爸在深圳找的。她天天往中英街跑，好听点，叫做小买卖的，不好听的叫"水客"。他不再赌了，于是他们结婚了。小阿姨不能生孩子，他们就领养了一个么赖子（客家话"小儿子"）。从广东小县城的福利院里带回来时，孩子刚满半岁。看得出，祥仔不讨厌他，但也不喜欢他。

七岁起，祥仔再也不会问他爸他亲老母的事。原来一问，他就被打，打到他再也不出声。我知道，那次他发高烧，几乎烧坏了脑子。再被他爸一打，医生说他整个语言系统都被破坏了。就像工厂里坏掉的机器，还能微微喘气，但再无生产力。

曾几何时，我想把祥仔送出禁区。去上水，去粉岭，去沙田，都行。就是不要在这里过下去了。远离他爸，最好也远离我。

那个天然优越的时代已经过去。我们这里再不是收容逃难者的天堂。可悲的是，其实也从未是真正的天堂。云妹爬进来的时候，她一定也这样认为。她想把孩子生在天堂，却选错了地方，选错了郎。

我从没有告诉祥仔他爸，我是在云妹刚怀孕后就逃回了港界。那时候不少人过境耕作，白天在社会主义地盘劳动，夜里再回到资本主义的床上。偶尔白天也睡睡社会主义的床，但真正娶回华界女子的还是少数。

我不敢再去找云妹，却没想到她自己英勇地爬进来。她死在乱坟堆上。

祥仔老说那是个小广场，其实方圆不过三米。传言都说她是五十万逃港者之一，正好死在怀着身孕翻过铁丝网的路上。只有我知道，她不是逃港者，是寻港者。别人都先知道香港在哪里，才往哪里逃，而她，根本不知道，只是在寻找。哪怕爬到边境，到死也没有找到她要找的香港。

她是祥仔他爸的亲老母，她是我不可以说出来的过去。

阿芬妈妈找来的时候，我在残墙堆外看我原来种的老树。铁丝洞穿了烂朽的枝干，寄生物在上面造了工厂。唯一令人欣喜的是，门牌字号还能看清。壁炉神龛都还在。一只年轻的杨桃滚落在门前。搬迁那时留下的白色文件袋和编号都泡在腐烂的雨水里。温黛台风过去那么多年，为什么我觉得它依然躲在树缝里。

转过身，阿芬妈妈站在那看我。阿公，说点事可以吗？我抹掉眼窝里浑浊的汗水，顷刻感到眼前就是云妹还魂。她哭着，就像笑着。乌鸦和风从松园下到竹园村，飞过林子，还要飞过梧桐山。飞了五十年，树叶全都沙沙呜咽起来。边境的铁丝网再密集，好像还是锁不住秘密。"云妹"回来了。她找到赖子，也找到我。"云妹"为了找人担保她进港界来，等了一千零十五天。她终于进来。

阿芬妈妈生孩子时就答应过祥仔他爸，两人不必结婚，一人养阿芬，一人养祥仔。五年后再见面。为了让祥仔拿到香港身份证，条件是保密至死。他们以为我不知道，其实我很早就知道了。他们为了让祥仔不知道，祥仔只能没有老母。现在兄妹玩在一起也有四年了。她耐不住了。她反悔了。她要带走祥仔。

她找到更好的方式，留在深圳。嫁个深圳男人，和做买卖一样轻而易举。她有发廊的太多客源，慢慢学会在城市丛林里狩猎。城市比她自己更年轻，有太多新鲜的血液。就怕时间拼久了，什么也留不住。再和沙头角斗下去，出不去，进不来，她的本钱也老了。我给她跪下了。求你给我家留一脉香火。

这么多年了，知道你不会愿意嫁到禁区。你说，过来就像被阉了，不男不女，既不归这儿，也不归那儿。你想脱离的脱不干净，你想成的一时半会又成不了。我都理解。可是孩子已经这么大了，你不能让他从香港人变回内地人，回不去了……

我给她一笔钱，不够买个深圳户口，也够打理小店铺了。港币换成人民币，"买"回我们的祥仔。

祥仔和他爸走了，躲到英国，顺便想办法给孩子治疗口病。阿芬和她妈也走了。我坐在云妹的坟前，再也想不起她那张哭着像笑着的脸。

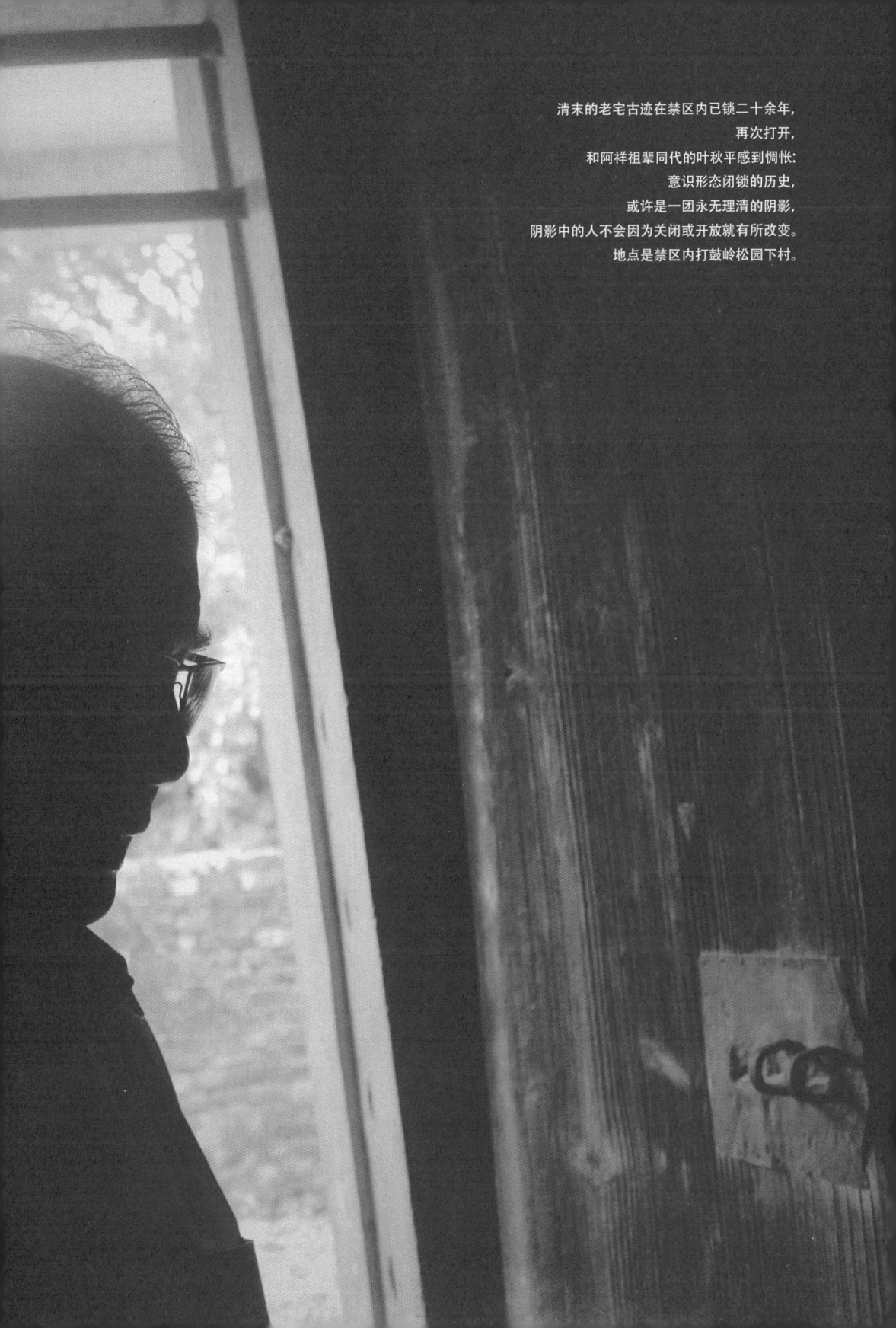

清末的老宅古迹在禁区内已锁二十余年，
再次打开，
和阿祥祖辈同代的叶秋平感到惆怅：
意识形态闭锁的历史，
或许是一团永无理清的阴影，
阴影中的人不会因为关闭或开放就有所改变。
地点是禁区内打鼓岭松园下村。

沙头角禁区港界关口前，
香港警察警告无许可证者不得靠近。

禁区内沙岭村原居民人家的菲佣，
这一点倒是和禁区外的香港保持一致。

邻人的狗在老人叶关保家门口。

和叶关保一样，阿祥的老窦也一度上过被监视的名单。

沙头角港界。
沿着这条路，再往下走，就出禁区了。

公路延伸到海上，
就是蓝色的"墙"。
以此为界，
左边是深圳，右边就是香港。

# 5

# 噓

当沉默出于选择，它是个令人不安的存在。
当沉默是被强加的，就是种审查。

——《当女人是一只鸟》
泰莉·坦贝斯特·威廉斯
Terry Tempest Williams

# Taipei

摄 / Annicka Lundin（瑞典）

没想到第一次到台湾，是从美国出发，拿"非常规"的证件，和一群各色毛发的国际友人做伴。那些之前在加州和波士顿喧闹过的年轻人们，现在渐渐安静下来。对他们来说，发音古怪的中文、笔画崎岖的汉字实在太难了。

在香港中转时，团队中的丹麦人掏出纸笔，随处抄下中文语词，问我，他刚学会的"唔该"到了台北该怎么用。在他看来，丹麦语、挪威语、芬兰语和瑞典语孪生儿般的些微差异，"旁证"了粤语和闽南语——同是中文系统家族的，理应更几乎一致了啊！

听我解释完简繁体字和方言问题后，习惯了无政府主义的比利时男生，一本正经表达困惑：为何你们中国人不愿意让不同语区都各自分裂呢？

终于到达台湾。初学的中文，成为这帮国际友人最好用的行李。作为语言顾问的我，进入一种最奇特的状态。我身兼局内人与局外者双重身份，对台湾人来说，我时而被当做与美国团队同行的美籍华人、日本人、韩国人或者香港人，当然，都算"外国人"；对团队里急切学习中文的各国人们来说，我则基本被等同于台湾人。

直到胸前被规定挂起五星红旗的吊牌，直到像其他义工一样被要求做自己国家概况展示时，直到"十一"过后"双十"又到……按照团队惯例，各自国家的代表要在各自国庆日教大家一起唱国歌时——我模糊又清晰的真实身份终于被剥落出来。

加拿大人、冰岛人咆哮"鸡脚怎么能吃"时，我可以代表华人解释饮食传统；全团队做仿真联合国大会，我却难有立场随便表达意见，以致岛上人"被代表"。

台湾当地赞助方的欢迎场合，"领导"们的讲话一出接一出，永不落幕时，美国人和斯洛伐克人忍不住问我：为什么他们讲这么久的内容，你两句话就翻译完了？他们并不知道，第一次深入台湾日常的我既感意外，原来无论转型与否，某种官僚主义深植于华人骨髓，这岸与那岸都异曲同工；我又尴尬，实在不知如何向他们解释中文话语何以布局权力，暗藏玄机，千篇一律也能百转千回。意外是因为我分明是外来的客人，尴尬则由于我也是不同于单线条英文思维的此地此刻"局内人"。

这样的状态令我感恩。数个月中，我远离大城市、唐人街、华人群落的美国乡间、边缘地区，被要求不可与同籍义工分为一组、不讲母语、没有中餐吃的日子总算暂停。我们几乎沿着台湾的海岸遍及东部、北部、西部，也算到了很多并非观光景点的地区。因为抽离的双重身份，我恰好有了很多机会，探访一处处台湾人熟知珍视或鲜知不去，而国际友人又不感兴趣的沉默之地。

而与这些沉默之地背后的人和故事相遇，才让漫游本身像潮水永不淹没的海岸，毗邻流逝的时间但地气犹在。

对于这片介于台湾中央山脉与海岸山脉之间的狭长神奇之地来讲，静默本身就是一种空。

就像穿越时空一般，花莲独享不同于西岸的安静。即便是热门景点，也难见汹涌人潮，喧闹贩售点。瞬间的错置感，如同走过墨西哥神奇村落，欧洲某无名小镇，或者美国废弃公路边一处空旷的荒原。

和我全部的路上经验相比，这比其他地方都更绿、更空；比台北台中苗栗新竹，都更淡、更静。全台湾最大的县，仅三十三万人口，平均每平方公里七十二人。远远近近的海的气息，绿色稻田，低矮房屋，常常是不足一万人的小镇，路都是空的，原住民的家门都是打开的，几乎就如走进了摄影师 Lucie&Simon 创作的那组著名的《静止的世界》作品中。因为最传统的超长曝光时间，所有移动的人和物都被排除，仅有独立个体空置，时间凝固，像末日前的见证者，让你开始思考：这一个你极其熟悉，却又无声无息被遗忘的世界，当所有兵荒马乱都静止了，你还在动吗？

乘车穿越一条空旷的街道，第一次在这里前后遇见不让车的狗。七条各种毛色的大狗小狗，抗议精神极佳，静坐公路中央，车至跟前也不会挪动半步。淡定、懒散与疏离竟然共存于一种动物的眼神中，这非常神奇。

这大概就是花莲的地气。生于斯，亲于斯，生灵与土地之间，是厚爱和云淡风轻。

来到花莲其实是有很明确的目的——到此遇见台湾最小的"二二八"纪念碑。"二二八",词语背后是一个伤痛现场,一场血光之灾。一场发生于一九四七年台湾光复后官民冲突,更是族群冲突的暴乱事件,死伤无数。一开始被国民党谎报,随后误读、曲解、神秘化,真相隐匿,直到九十年代中期被平反,纪念碑崛起,受难者的冤魂终于至少有了被敬畏之礼遇——浮出水面的,除了发生了什么,死伤了多少,更是应该纪念为什么发生,如此惨烈。

然而,人们惯常的记忆模式似乎难逃时久失控的命运。海岸另一头的尤其如此。很多大陆年轻人不知道"二二八";知道"二二八"的,不知道发生了什么。在被禁忌的真相里,历史成了敏感词,这是一种可悲。然后,更可悲的却是,真相被解严后,敏感词都昂首挺胸站起来时,历史依旧是健忘的。

我喜欢花莲的空,但是没有想到寻碑的历程有些意外的空荡。一路找到纪念碑应在之地北滨公园时,前后问过七八个当地人,竟然无人知道这里有纪念碑,或者纪念碑位于何处。

找了很久,从原住民爷爷到游玩的母子,从骑车运动的少年到漫步的游人,无人知道纪念碑的确切位置,寻碑之旅没有任何进展。那时濒临放弃——是啊,纪念碑还很多,台北有最著名的,嘉义有最早的,何苦找这一个。然而因为花莲实在让我好奇,在这些静谧的安宁之下,关于灾难的公共记忆空间会是怎样的状态。

终于找到眷村的老人打听。他耳朵有些不好,还是热心地帮忙指路。"二二八"纪念碑其实悄悄掩藏在公园一处公共厕所的背后。

当我看见它的时候，前面的公厕门口几个异国青年慵懒地晒太阳，旁边的大树默默地遮去艳阳，送快递的机车停在另一侧——纪念碑所处之地似乎是一个异次元，被隔离的空间，连空气都不闻不问。还好，屏住呼吸，走近它，清晰可辨的是碑上的"二二八关怀纪念碑"字样，以及碑记上一字一句事关花莲两百余"二二八"政治受难者的历史。

那一刻，不可否认，会有种错愕的难过。我是如此热爱这片经历生产之痛般的民主转型后的土地，这座普通人都以讲实话露真心为荣，向人权致意高过权力的小岛。但也是这里，年轻人对民主遗迹不感冒，人权纪念馆门庭冷落，"二二八"纪念碑所在地邻居们都不知其踪。这似乎和想象有一些差别——被豢养的公民，看上去更加需要时时保持清醒警戒。特别希望有心人多多坚持那些美好的地气、人情，给另一岸的尚在匍匐中失忆的人们更多的勇气：

哪怕在沉默中记忆着，也要拒绝健忘。


六张犁本来是台北捷运的一个站。可是我要说的这个，是在从捷运站出门右转、机车骑行也还要一段时间的另一个地方。这是幽灵悬浮的台北角落，就像一大片已经被遗失的海岸，时间的海水冲刷过来，再难有人记得。

我们团队在台北停留两周。大部分义工行程，是在国民小学、医院和安养院。而接待家庭带领美国人、欧洲人、墨西哥人和我这样"外国人"的本地探索也多集中在中正纪念堂、"故宫博物院"，以及士林夜市。如我一样对当地死亡之地好奇的人，还真是少数。我的室友是来自美国怀俄明州的姑娘，分不清国语、闽南语、客家话的发音差异，便认定，如我能讲普通话的就是台湾人。而"台湾人"去山上看坟墓的癖好，在她看来挺能理解的。"你们都挺爱祭拜死人的，不是吗？"

搭坐的机车开出台北郊区，绕过扭扭曲曲的山路，进入公墓园，穿过一些低矮的房子，难寻墓碑踪迹，死亡的味道却无处不在。我忐忑不已，只得和旁边外省人口音的老伯问路：政治受难者的墓在哪里？

老伯答曰：这里到处都是啊。

左顾右盼后只看到山头高低错落的墓碑和坟头，除了眼前说话缓慢的老人，几乎没有活物气息。一句"到处都是"，令人有不寒而栗的后怕。我甚至觉得空气里弥漫一股难以名状的腐臭。

萧瑟和阴森原来可以在雨后的白天如此自然地入侵骨骼。终于找到戒严时期政治受难者纪念公园的时候，才算松了口气。脑内剧场一一闪现的斯蒂芬·金小说里的尸骨气味，《闪灵》里奔跑的举斧人终于跑累了而散去。不过，要知道，其实在这里，第一次既觉得死亡很近，生灵也很近。他们沉睡在这里，他们被乱弹扫射或者有序枪决。但他们曾经清醒地活着。

茨威格在《一九八四》的反乌托邦里一语道破权力的密令：思想罪不会带来死亡，思想罪本身就是死亡。他们便是在思想罪之死亡名下曾经最自由的生命。

尽管，这是一次孤独的敬拜。我也知道，那些冤魂和他们的故事不只是在这里，还在更远的记忆现场接受无声的祭拜。从绿岛的受难遗址、宜兰的台湾民主运动馆，到遍布台湾的大小人权基金会、台大的白色记忆影像展厅，乃至国中高中生的公民课堂，每一个不大的现场都有祭礼和参与祭礼的人们。或许，他们纪念死者的时候，也在纪念自己参与和见证的历史。

一条不宽的路隔开两边，即便死后也迥然不同的两个世界：光鲜的荣民之墓区与掩埋受难者尸骨残骸的乱坟岗。一边有着蒋中正题写的墓志铭，另一边则是一大片参差不齐的砖头即小墓碑，混乱的泥土、杂草、石块中间，死亡被处理为随心所欲的掩埋。死亡就是一砖空间上草草书写"民国"某年某某葬于此的一个名字，更多的甚至没有名字。

我想，如果有人，在台湾旅行的缝隙里愿意抽出一点时间探寻台北最鲜有人去的"死角"；如果有人，在某一天会要想到亲身到这个墓园走一趟，最好记得在这些微薄砖头的小山包鞠躬三次，哀思三分钟。在被人遗忘的六张犁山间，有这样一个角落，你可以静静地回想有一些活着的声音曾经在黑暗中为自由与不平战斗。

如果说六张犁的被人遗忘是因为作为死亡幽暗之地的不吉利，那么，鹿窟则完全是另外一种遗忘。威权体制下国家暴力制造的又一起血腥事件，因以反共杀共之名，屠杀被定性为平定叛乱案。全台湾保持"二二八"纪念与警戒习惯的同时，这是一个被大多数人忽视的故事。

一九五二年十二月二十九日凌晨，至三月三日，军警包围鹿窟山区，逮捕被疑为中共支持的武装基地成员的村民。其间因案波及，于二月二十六日至瑞芳围捕，三月二十六日又到石碇玉桂岭抓人。前后近四个月，牵连者达两百多人。经判决死刑者三十五人，有期徒刑者也有百人。

受难者死无葬身之地，受害者身败名裂，数十年不得翻身。这应该是一九五〇年代台湾最大的政治事件，史称"鹿窟事件"，在今天却鲜有人知。

上到山前，问及之人，都不知遗址所在；抵达纪念碑时，未见任何游人访客；鹿窟纪念碑周边的一些人迹也多是因为上山找寻茶园茶庄而来。直到找到当时关押受难者的鹿窟菜庙遗址，现在的光明寺，才遇见有夫妻专程开车入寺参观。但其实他们因为是虔诚的佛教徒才前来观寺，甚至不知道有"鹿窟事件"的存在。光明寺一片宁静，很难想象这里曾经的血腥与暴力的幽暗。

据说寺内一片种满小树的绿地是树葬纪念之地，此外，已无任何文物痕迹存证这个震撼人心的真实事件。

台北街头时常有这样的画面。

老人上街了，女人上街了，狗和小孩上街了。乡民敲锣打鼓，和尚载歌载舞，年轻人唱起国际歌，老伯阿嬷举起横幅彩旗。他们火热，但诉求冷静，因为被票选的"总统"和"政府"没能完全赢得民心，人们尚能愤怒地发出声音。即便是静坐，沉默本身也是抵抗。那些隐藏在沉默背后的声音，至少活着。

二〇一一年人潮汹涌的队伍中，我依旧难以抹去此前六张犁和鹿窟的萧索冷落之象，历史失忆与现实激荡之间，有一个问题似乎需要重新整理。曾经的捍卫放至今天是否正应该这样延续？仪式感的纪念与缅怀是否只是仪式？尽管他们中可能很多人并不知道鹿窟事件的来龙去脉，并非记得"二二八"的全部细节，但是他们于记忆停在现实的一刻，选择行动是否也是另一种纪念？眼前这些热气腾腾的抗议其实何尝不是一种祈福？祈福的背后有另一片莽莽的大陆，还在拒绝遗忘的路上艰难匍匐。

我们的旅程行至台湾东部海岸时，我收获了很大的礼物。接待方的一个老人，叫石头阿公。石头阿公喜欢给我们讲故事。那故事啊，不管你信不信，都是真真切切发生过的。他喜欢一声"嘘——"来表示：秘密降临了。

故事里的 Amis，意为"北方的人"，其实是很多人。有很多很多的后裔，他们航行到很远很远的岛，出外捕鱼、狩猎，学习其他语言。他们的法术"闭口藏宝、伸臂吸食"，其实很多人都会。特别是那些曾经陷于某些禁忌的幸存者们。

故事里的老兵很老很老了。听说就在我间隔年的两年半后，他去世了。我不知道他儿子把他葬在哪里。但是，我知道石头阿公其实是他早年一同爬上六张犁问候魂灵的同伴。他们还一起去看过鹿窟，一起在那些沉默的坟头祭奠他们的记忆和故事。

石头阿公把老兵葬在心里。

"二二八"词语背后是一个伤痛现场，一场血光之灾。
一场发生于一九四七年台湾光复后的官民冲突，
更是族群冲突的暴乱事件，死伤无数。

# 嘘

Amis 和老兵的台湾往事，魔鬼从不相信谈天

从苏花公路到达花莲再到台东，经过一场空气之旅。不同路段，是不同的空气。

空气的味道贯穿而行，渐次变化：崖壁的干、海水的湿、坍塌泥土的酸潮、鱼腥气混搭酱汤蛤蜊、庙口红茶挤在钢管里的古早味，石堤坪浪花的咸味裹一层岩石的疲惫，北回归线界碑小铺冰淇淋芋圆一捧新鲜的冰箱凉气、槟榔的辛涩、剥皮辣椒的脆骚、山猪皮熏黑的焦、头夜雨水里柴木泡久的腐味、蛋饼刺啦滚在油里的喷香，最后是阳光炙烤原住民老人皮肤的味儿。

雨水被吮吸干净，午后天空像团蓝色火焰扑下来。传说经历足够时间的皮肤都会被点燃。皱纹是燃烧的遗迹。那火经过每一折肌理的缝隙，都会留下些天空的味道。

所以当我挽着石头阿公时，可以闻见空气匍匐在他手臂褶皱里"嘶嘶嘶"：山的味道、海的味道、稻米的味道、泥土的味道，飞鸟扑腾翅膀羽毛的腥香全都熔着。汗水是手上黝黑的云幻化了细密的雨水。左手是狩猎天，右手是捕鱼天。

石头阿公带我看海。看那些因为都更要拆掉的老房子。我们在当地义演时，他是热心的接待方。他的国语不好，更多的时候对着我们叨叨同一句话：

金兜虾。金兜虾。（闽南语"真多谢"）

无论是谁。无论什么事。

因为团队里的华人也就我和马克思。石头阿公把我俩当翻译。马克思负责听和记录，我负责传达。还有几个当地的志愿者负责不时为我解释闽南语的专有词条。

第三场演出时，遇到台风天，一切不得不暂停下来。团队放大假，各自待在接待家庭。我们正好坐在石头阿公在当地社区营造的办公室

里，听他讲故事。

第一个故事，关于一个阿美族硬汉，就叫他 Amis 好了。Amis 祖上捕鱼有着漂流远方的传统。他去过很多遥远的岛屿，学过十门以上的奇怪语言。他有天赋，比如用鼻子说话。鼻音可以发出一百多种音调。鼻子负责交流时，他的嘴才派上大用场。那些岛的奇珍异宝、海里捕回的鱼虾，全都放在嘴里带回来。

每出海一次，他回来都要清理鼻子和嘴。鼻子一出气，像巴奈唱歌一样好听。大口一张，"哇啦哇啦"吐出一堆亮闪闪的宝贝。硬汉 Amis 收了好多徒弟，专门跟他练习用鼻说话唱歌，用嘴藏宝——你说他用什么吃饭？

是的，很多人都奇怪。他的器官功能如此错置，吃饭怎么办？便有人悄悄跟踪他，看他进食的秘密。你猜怎么回事？

他身上硬朗的肌肉，全都有吸食功能。轻轻抖一抖，毛细血孔微张，无数个小口就吸进空气里的味道。对我们来讲，那是味道，对他而言可是顶级食物。当然，他的藏宝的嘴，有时候会把奇珍异宝吞下去——就像牛反刍一样，肠胃里消化一遍，再抽回嘴里。几遍来回，嘴里吐出的宝贝会更铮亮。喉咙是必经的往返通道，常常听到"啊——咩——嘶——啊——咩——嘶"的声音，就是他在吞吐那些宝贝呢。

这也是为什么他叫，Amis，"啊——咩——嘶"。

你知道，六、七十年代时，继承了 Amis 天赋的后代们更吃香了。好多人争着认他们做师傅。学习不再用口说话，而是用口藏宝，特别是那些开读书会的人啊、做伪书的人啊、战战兢兢递信的人啊、流亡鹿窟山区的人啊。一不小心抓进牢里，被审问时不再害怕开口。你看你看，一张开嘴啊，不仅不会吐露任何秘密，吐出的都是藏久的宝贝。官人拿了去，名单上划一笔，说不定很快就放出来。所以 Amis 家族救了好多人。历史里都不记录的。对呀，你想想，负责记录的官人怎么会笨到自己写下来：我收了一百两黄金珍珠，所以把要枪毙的人偷偷放了出来。你们以后碰到阿美族，要致敬，他们用唱歌救台湾，用嘴救人。碰到那些不太轻易开口的人，千万要小心——他们很可能是那些幸存者。Amis

后代的徒弟们。他们不开口，不是不说话，而是太多的珍宝含在口里，藏在心里。

一个义工问石头阿公：你也是 Amis 的后代吗？

他笑而不语。一根手指敲在嘴边：嘘——

众人心知肚明地大笑。好一个把笑话当生命的阿公。我们很乐意听这样的故事，即便明明知道是老人家胡乱编的，那些枝枝蔓蔓的细节，从他口里流出来也像是曾经发生过一样。我甚至觉得他发出的声音的确完全是鼻息而非嘴巴在动。这似乎可以解释，缘何他黝黑手臂上的绒毛抖弄着，空气里的食物就都被吸进去。散发出来，是一整片花东古老的天空。


第二个故事，关于张姓老兵。广西来的外省人，那时候穿着国军上尉的军装，干！帅气！早年死了双亲，只有个双胞胎哥哥留在大陆，他带着老婆孩子在内战时从缅甸逃到台湾。两个孩子，一个在云南生的，一个在缅甸。都在缅甸念到小学，转到台北的国小时，国语还没有缅甸语好。孩子上到国中时，台北发生少年捅人事件。听说过吧？老兵的大儿子还是那个杀人犯孩子的同校同学哩——那个人心惶惶的时代，老兵偏偏退役了。家里供给不足，他就到花东做生意——原始的海产买卖。大概就是那时候吧，钱没赚到，却结识了 Amis 的后代，学了绝活。果不其然，后来回到北部，因为其胞兄尚在大陆被怀疑是"间谍"，抓到景美看守所，然后转到绿岛。那可是漫长的十年啊——老兵太太带着孩子从台北搬到东部眷村，至少离着绿岛近些。难以想象，老兵本是个心直口快的人。嘴舌伶俐才在军队一路绿灯，后来被弃用，大概也和多嘴有关。进到狱中，脾性瞬间软了下来。他不再开口。

他在新生训导处干活，抬重石、砍木桩，从没人听过他开口。只有放风的时候，他会默默走到象鼻鬼门关——就像能和那个象鼻对话一样，他的鼻腔呜咽，海水的声音应和着听起来就像阿美族歌谣。就是你们表演的那一曲啊：

Ho a yi ye ya yi ye ya——Yi ye ya——Ho a ya ho ya——

他的狱友一个个死掉，被毙的不知道送往何处，无故病逝的通常被抬到燕子洞。尸臭味常常飘到狱中，他的手臂一定可以吸到，才勉强一直活着。你是不是要问，那他怎么不向官人开开口，流点宝贝出来以早日获释。听说新生训导处把他留着，正是因为他通灵，可以吸走冤魂的怨气。

总之，他在绿岛上肯定遭遇了很多奇人异事，出来后整个人都变蔫了。老婆孩子跟他讲话，他总是"嘘"一下，不吭声。就像防止嘴里囤积十余年的珍藏流露出来一样，他还在家里闭口绝食。神经质般在同一个屋檐下和儿子写信交谈。

致建中和建华：爸爸大半辈子奔波，战争、牢狱都经过了，万事仅一忠告——不要做靠嘴吃饭的事——你们的父亲。

儿子回信：爸，我们都很好！学校的事很顺利。哥哥要去美国了，我准备去南部教书。你照顾好自己，不必操心。厨房里的莲雾很好闻，你试试！——儿子建华上。

老兵发飙了。他心里不快，去美国干嘛？教书就是靠嘴吃饭！逆子！但他不说出来，他砸烂莲雾，打碎所有可以打碎的东西。绝食持续了几年，他终于倒下。老婆不得已把他送进安养院每日打点滴维生。他能够吸香进食的手臂似乎不可避免地老化了。鼻息的秘密交流不知是否还在维持。

老兵的老婆病死后，建中去美国做了牧师，每日开口传讲福音。建华在南部开出租车，和各路乘客谈谈天。就像儿子故意对抗老子一样，儿子们特意张口闭口，才是人生。老兵卧在病床十年后，奇迹般地恢复健康。他依旧在绝食。

你说奇不奇？

人们都觉得他被鬼附上身了，要不就是疯了。九十年代初，他加入回乡探亲的大队。建华为了照顾他，一路随同。那时候的广西，迎回一个台胞探亲，就是迎回了一个大财主。可惜老兵让他们失望了。他看看这，望望那，就是不说话，也没多少钱。找到胞兄一家，已经迟了。胞兄死了二十年，胞兄的老婆改嫁，女儿夭折。只剩下一个儿子富贵，拖家带口五个人，对这个父亲半个多世纪前的胞弟全无记忆。

建华问他：你爸叫志武，我爸叫志文——你看不是双胞胎是什么？

富贵摇摇头：我看着他死的。遗言里也没说自己有兄弟。

怎么死的？

被人打死的。

为什么？

他死也不说啊。不辩解也不招供。听我妈我姨说的，厂子的人说他开会不专心，让他交代他不开腔，只会鼻子哼哼。后来上面来人打，打到残，别人都吐血，他吐亮晶晶的水——天，晒干了全是金粉。上面惊了，原来是嘴里偷了财。好一个大胆的反革命！后来，后来就关进去——再后来就死了。

你那时几岁？

刚上中学，六九年。

建华一惊。富贵和建中同岁，被打死的伯父和爸爸各自在狱中的时间竟有数年是重合的！回头看看不言的老兵。他低着头，阴影扑在侧脸，看不出任何颜色。他的手臂一直颤抖着，就像每一次吸香进食一样。可是富贵的家，除了年久的霉腐味，就是桌上那几盘诡异的菜。螺蛳粉、炒木虫、小栗树虫、大马蜂，还有苍蝇一样不知名的虫。

富贵的儿子大毛蹦跳出来，张开血盆大口就吞下一只沙巴虫。

建华看见父亲抬头，呆住。他也呆住。大毛像极了建华的儿子张少鸣——就是一个模子刻印出来的娃娃脸嘛。头发根根矗立，大额头闪光，鼻头倔强翘着，举手投足都是一模一样的小野兽习性。建华赶紧拉过富贵：你看你看，我儿子的照片。和大毛像不像？这才是双胞胎后代的证据啊。

老兵再不济，也出钱帮富贵家建了幢小二楼。这回是富贵拉住建华：堂弟，你看什么时候我儿子能跟你们去台湾念书啊？

回到台湾后，建华回南部，老兵自己回花莲。其实那时起，一个伟大的计划就在他心里奔腾。先不说这个计划。说说老兵的晚年。

通常，他会从东部一路跋涉到台北，搭车爬到六张犁的山上待一整天。没人知道他上去无人问津的墓园做什么。名曰戒严时期政治受难者纪念公园，满山毒蚊虫和死亡的空鸣，极少有人郊游般前往。要我说，老兵就是去找人聊聊。他是通灵的，也只和地下世界用鼻息交谈。

顺便开口吐点金银财宝，祭奠乱坟岗上无名砖块下的冤魂。山上有少量棚屋住着和他一样的人啊，没准都是 Amis 后裔的徒弟。他们像幽灵一样过日子。很少下山，绝食而活，走路都没有声音。你们要是有空，去六张犁看看。一定要小心翼翼，嘘——才不会惊扰他们。

石头阿公讲完这整个故事，已经是台风天的三天后了。并非每个人听完他断断续续说的所有段落。大多数人听到和象鼻通灵、吃昆虫、吐金粉的情节，就散了。石头阿公看我一直在听，意味深长地笑：金兜虾！看来只有大陆人才真正信的。你该去探访老兵本人。

不可否认，他的两个故事漏洞百出。但是不知道为什么，半信半疑中我感觉到悸动。仿佛故事背后一只手在冥冥招魂。阿美族硬汉的肌肉臂膀在我眼前闪现，那些幸存者们的鼻息就浮动在我耳边。至于老兵和他的双胞胎哥哥——天性多嘴的，与生俱来寡言的，绿岛服刑的，与"文革"被害的，都因天生秉性而入狱，尽管前者生后者死，却殊途同命运。如果可能的话，他们才是通灵者，始终不曾割离彼此的身体。嘴里藏宝，口吐金粉什么的，或许只是被迫禁言，被害吐血的美化而已。除去原住民的段子，神灵鬼魂的部分，我几乎相信故事真的发生过。

他就住在花莲北滨街一百三十六号小眷村。我从绿岛回到台东，直接沿之前的相反路线抵达花莲。按照石头阿公给的地址，我找到老兵。海就在不远处。破败的村落，房子已经逐渐清空，过去的岁月停留在斑驳的门口，一动不动。另一轮苍白的日再也升不上天空。老兵一人度日，没有期待，因此也不会失落。他已患阿尔茨海默氏症多年，就是惯常所说老年痴呆——失读、失语、失忆，不再看得懂汉字，也不再表达和书写。也就是说，石头阿公所讲的一切，聆听第一人物的证词再无可能。好不容易找到隔壁正要搬走的邻居，另一个来自湖南的老兵，仅仅证实了三件事：

八十年代末九十年代初，老兵回大陆省亲两次。

老兵有亲人，但都在美国。他拒绝跟随他们离开台湾。

他以前的确绝食过，不过没多久便开始吃饭了。

后来再一次到美国西海岸，我竟然见到老兵的大儿子，时已五十有余的建中牧师。故事总算展开更清晰的原始经络。二〇〇〇年建华在加州病逝，他的儿子张少鸣现在大陆做生意，女儿张少华嫁给意大利人移民欧洲。多年前，广西伯父家的儿子被建华带到台湾念过高中，现在下落未知。但是吃沙巴虫的小男孩大毛，不叫大毛，叫大伟。他的姐姐叫红，弟弟叫兵。老兵双胞胎兄弟志武，的确寡言，但绝对未到不开口。"文革"时被斗，因为他一日唤自家孩子吃饭：红！伟！兵！滚回屋！吃饭！邻居举报到上面，立刻来人抓他，理由是：对红卫兵不敬，就是对毛主席不敬！志武深信身正不怕影子歪，言多必失。始终不急于开口辩解，就怕越辩越冤。后来还是被剃头抄家，咬舌自尽。

　　志武被打倒时，老兵志文确实正在狱中被盘问其与兄长的关系。两岸隔绝数十年，何以联络！志文很愤怒。官人便说：你们不是双胞胎吗？双胞胎有心灵感应的啊。

　　志文回嘴：干你娘才有心灵感应。我还想跟他通呢，你通给我看看。

　　传开了，才开始神神鬼鬼。故事平添了最玄乎的情节。像石头阿公一样，人们深信志文获传 Amis 的法术，得以特赦。

　　建中不愧是牧师，故事讲得有声有色。我忍不住问老人家：你自己觉得呢？你父亲和伯父会有心灵感应吗？

　　建中沉默下来。半晌，他才说：不管你信不信，我觉得是真的。我清楚记得，小时候父亲对我和弟弟说过，受了迫害才知道少言和不言是福，连古语都说言多必失呐。我如果是你们伯父那股性子也不会落到通敌罪了。然而后来他做过数次一模一样的噩梦：伯父拉着他，一直念叨"沉默也是罪过啊。志文，你错了"。父亲被吓醒。他患老年痴呆的时候，还一直因梦认定，是自己托梦给胞兄，劝其不必多言才致其死。到死肯定也是。无论我们怎么解释，他也不信，认定自己是杀死兄长的真正元凶。

　　就像历史无法修正，如果这一切不是真的，怎么会不可修正呢？我问建中牧师，老兵有过任何秘密的计划吗？听说，患病前他一直计划着什么。

　　牧师似笑非笑，在嘴边敲敲手指，嘘——这可从来没对外人说过。

老人家从大陆探亲回台后，只对建华一个人说过。

建华，你看吧。少鸣和广西张大伟长得如此像。我们不如试试让两个孩子交换吧。

那年头，海关出入境还没有指纹查验。如果两个一模一样的人，手持对方的证件通关易如反掌。老人家甚至计划了香港作为两地交换的中间地点。富贵不是那么希望孩子到台湾念书吗？少鸣一直是个野孩子，也不爱念书，正好到大陆闯荡闯荡。为了弥补自己对哥哥的"迫害"，老人家秘密计划的救赎方式便是让两个孩子交换至对岸生活。互相接收的家庭仍是彼此的直系亲属，更加不会引人怀疑。怎么看，都是个滴水不漏的计划。但是总有些难以置信的诡异。

建中神秘讲述的表情让我无从判断真假。这计划在那样的时代显得荒诞又现实。我不得而知更多的细节。比如如何解决两个孩子的口音问题，比如双胞胎隔代的后裔真的如此相像吗？比如两地周边的亲友真的无人会觉察吗？

更扑朔迷离的是，这个计划，真的实施了吗？

建中牧师也不知道。建华过世前才将父亲的计划和盘而出，并未提及后续。失忆的老兵也不可能重述一切。唯一知道真相的只会是张少鸣与张大伟本人了。

然而，此少鸣是真的少鸣，大伟还是以前的大伟吗？只要当事人否认，永无真相。唯有一点是肯定的，即便昔日的双胞胎交换，能说会道的志文留在大陆，生性寡言的志武迁至台湾，我相信悲剧的结局并不会有任何不同。


如果童年可以交换，那么记忆呢？

如果记忆可以交换，那么人生呢？

如果人生可以交换，这个世界会更好吗？

这是马克思早前给我看过的一首诗。作者，无名氏。我几乎怀疑就是他写的。因为当时我告诉他我是多么希望成为他——我们交换吧。世界上有了另一个自己，而自己变成另一个别人。世界依然是世界。

离开花莲北滨街的那天，我还记得老兵倚在门口不停冲我招手。他空洞洞的嘴唇微张，牙齿掉光了，分明有金光闪闪的液体滚落下来。

嘘——千万别告诉别人，那可是稀有的金粉瀑布啊。就等日头一出，风干，铺满一整个海边。从很久很久以前一直亮堂到很远很远以后。

只有花东的天空，可以如此接近。
孩子和父亲坐在云端。
伸开手臂，好像谁都可以吸香进食。

六张犁的乱坟堆。
混乱的泥土、杂草、石块中间，
死亡被处理为随心所欲的掩埋，
死亡就是一砖空间上草草书写，
"民国"某年某某葬于此的一个名字。
更多的甚至没有名字。

花莲北滨街一百三十六号小眷村。

小眷村附近就是北滨公园的海边。

空无一人。

微雕复原的绿岛新生训导处。
昔日的政治犯关押处，靠山向海。

绿岛的新生训导处遗址，
新生不只是乍来初到的"新生"，
在弥漫白色恐怖的幽暗岁月，
"新生"意味着死亡和禁闭。
新的"生"是为了让思想有偏差的囚徒，
生长进化成国民党意识形态控制下的新民。

和家人住在绿岛的孩子。
脚下这片土地，
那些白色雾气笼罩的历史，
父母不会当故事讲。
爸爸解释，小孩子听，太暴力了。
偶尔，你还是可以听到：
不听话，就把你拉进绿岛监狱关起来！

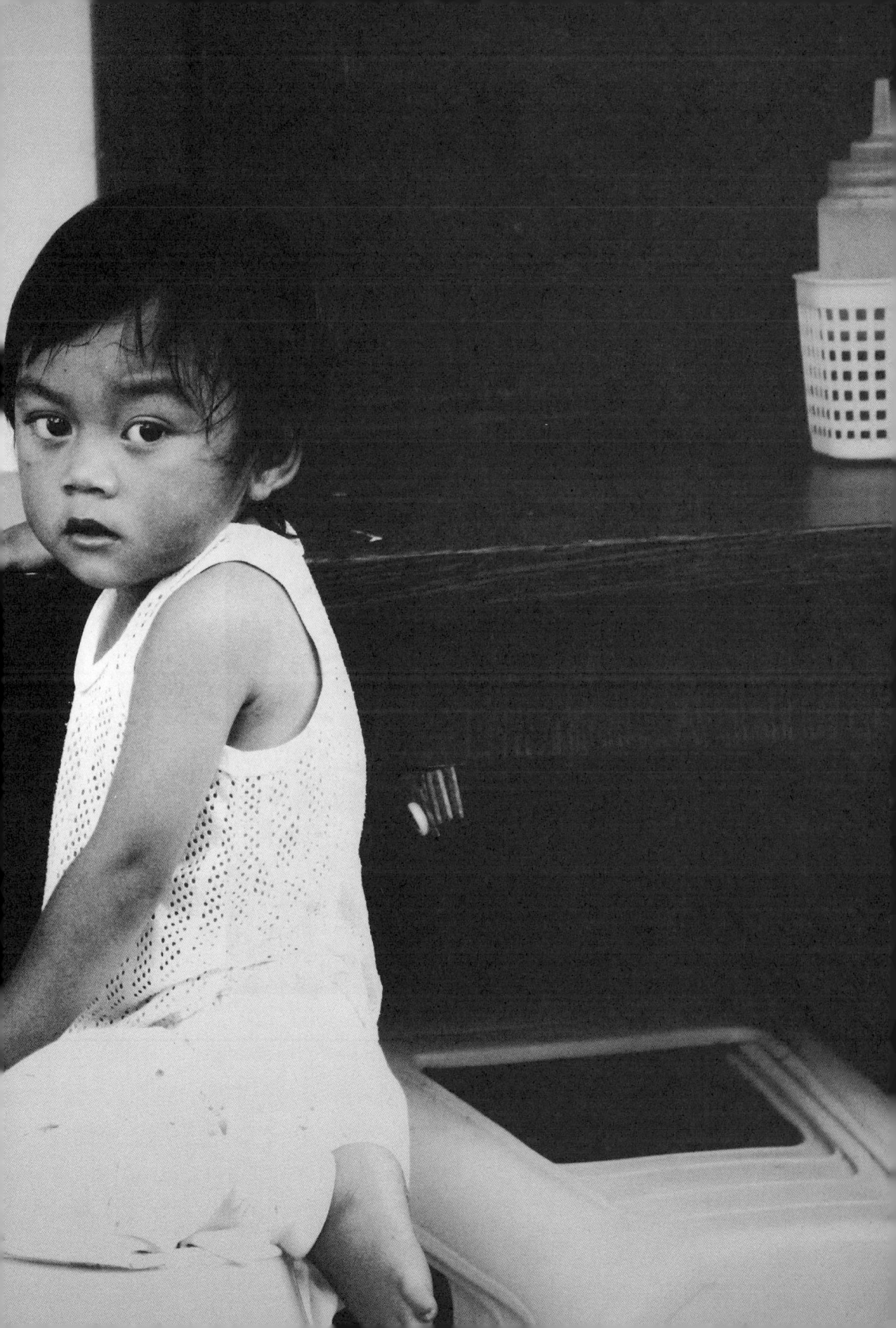

老兵也是像这样的老兵。
只不过，岁月不再。
他已患阿尔茨海默氏症多年，
就是惯常所说老年痴呆——失读、失语、失忆。
不再看得懂汉字，也不再表达和书写。

# 6

# 过气的山谷，
# 过时的人

当所有石头都会叫喊时，我们没有必要说话。
——珍妮特·温特森
Jeantte Winterson

# Hopi Nation

约瑟芬不是我认识的第一个德国人，但是最特别，甚至古怪的一个。

她在我们同行队伍中话很少，只讲英文，不讲德语。她是个挺爱听别人讲话的人。她是天生的领导者、聆听者和反话唠主义者，其实熟练掌握五门外语。当然，这些是后话。

旅行的开始，大多数人都认为她是怪胎。典型的德裔犹太人面孔，盘踞着智能、低调和怪癖。她的问候，没有拥抱，没有讨好，仅是点头微笑，除此，从不批评也决不赞扬谁。她尽力与每个人保持距离，不轻易解释任何。

通常，人们听说她来自德国，生在一九八九年时，都会问同一个问题：嗨，真幸运的，柏林墙倒了，你出生了，你对这怎么看。细心的人可能还会发现，她的生日正是那堵墙倒塌的日子：十一月九日。她的出生地埃尔福特不只处于德国地理中心，还是前东德境内的重要城市。在团队记录表格里，"来自的地方"一栏，她填下的是"不要以为我出生在东柏林卡尔·马克思大街"。

她并非故意让马克思同学"躺着中枪"，也非调侃东德历史——只是因为，人们太热衷于在她的出生一事上做文章。无论是年份还是地点，她对于自己常常被简单化为"一个出生在柏林墙倒塌元年的孩子"这件事耿耿于怀。

当然，这些也是后话。我更愿意回归到旅行的开端，告诉你我初识的约瑟芬。

我从没看到谁与她的距离在一米以内。她的身边一定有一圈坚硬的墙，看不见，但谁也别想跨进去。

唯一的例外，是我发现她似乎在跟踪我。

我们尚在第一站科罗拉多州的丹佛时，我便常常被分在和约瑟芬同一组。劳动、游戏、排练歌舞，她都阴魂不散。我听瑞典哥们利努斯讲斯堪的纳维亚半岛人如何冷血，她就在旁边，一个人玩头发上的丝带。我和日本女生砂丽、美国人"约翰小面包"练习合作舞步时，她趴在后边打量我们。马克思带着我穿过人群偷跑出去买零食时，也会发现她跟在后面或者直接迎面撞上。一个墨西哥与法国混血的义工，找我学习写汉字，死也找不到笔和纸时，雪中送炭递给他的那只手正是约瑟芬的。

我终于忍不住问她，你一直跟着我，是有什么事吗？

约瑟芬并不意外地笑笑：你终于好奇了。我以为至少要一个月你才会理我。

后来，我们终于有机会在同一个接待家庭做室友，只不过还有两个嘴巴大得性感的美国女生在另一个房间。餐桌上的约瑟芬从不讲话，我也比较沉默，往往是两位姑娘激动又热烈，与单身接待妈妈侃侃而谈。紧接着，寄住的头天晚上，姑娘们就发现这个家没有热水，没有网络，澡盆里有蟑螂，厨房水槽里的脏盘子堆了超过一个月。接待妈妈去外面买东西时，我们四个挤在屋里。

两个大嘴姑娘中的一个直接哭着说：我们明天去申请换家庭吧。不然怎么在这里生活两个礼拜？另一个安慰着她，顺便问我和约瑟芬要不要去投诉。我说：我都想直接去帮她收拾厨房了。如果我们帮她收拾好，她就会明白了。约瑟芬始终没说话。

晚上，大嘴姑娘终于不哭都睡去了。我听见同屋的约瑟芬起身出门，二十分钟后也没有回来。我披上衣服冲出去看到她已经收拾完浴室，在收拾厨房的脏盘子。我加入她。半个小时中，我们几乎没有对话。只是在结束时，约瑟芬抽出一张纸条，给接待妈妈写下了我们的话：

我们很高兴能在这里接受你的招待，也很高兴可以参与分担家务——相信我们的目标是一致的，希望这个家更加干净、美好。

第二天，没想到大嘴姑娘们还是在团队里散播消息并投诉了。有史以来头一回，接待家庭被义工投诉脏乱差。虽然接待妈妈看到我们留的纸条，努力向我们道歉也同意会改善条件，我们四个换家庭的结果还是不可避免地发生了。

我并无意赘述细节，后来的发展，以及新换的接待家庭多么干净温暖。我只想表达，经过此事，我与约瑟芬结成了牢不可破的革命友情。我们是摸黑劳动过的战斗者，我们有一致的立场：言语常常徒有其表，不仅危险，还不能解决问题。

沉默的行动者，有时比雄辩家更适合上路。尤其是这样的义工之旅，约瑟芬的不开口，是探索低地的生存之道。

沉默是言语的低地，禁忌是日常的低地。做义工漫游着的幸运之处，正是能探索一处又一处低地。

小时候以为世界上的国家，只有英国、美国、法国、中国这些以"国"作结的地方。当然，还有德国。在天真又邪恶的我心中，这是个和前四者都不同的国家。因为我那时认定的世上最聪明的人，都是德国人。贝多芬、格林兄弟，还有动画片里大智若愚的大盗贼。

我生来认识并亲自交谈的第一位白皮肤蓝眼外国人，也是德国人。那时候，在那座以钢铁著称的小城刚上小学的我，在新华书店遇见他。这位搭讪的大叔，顶着一张仪器般精密的脸，舌头扭捏着，终于吐出"德、国"两个无比笨重的中文音节。他指着一本格林童话，表情纠结，现在想来那大概是想告诉我他的家乡。他继续骄傲地发音："dong,de"（东德）和"bolin"（柏林）。这造成的严重后果，便是那个年岁的很长一段时间，我都坚持认为东德就是德国，柏林就是格林。当向大人求证时，对方笑称：小孩子，知道格林童话就行了嘛。

那种经验，就像一片童年的低地。我时常潜伏在那里，感觉世界的版图，是从与语言不通或不善言谈的外来者搭讪开始扩展的。于是，德国、东德、柏林，成为我的第一片低地。新鲜、亲近，有所了解又未知，真是一种奇特的距离。

这样的低地，后来越来越多。从国家、城市、禁区、事件，到物、人，再到一种气息、一个音调、一束光线、一个词语。它们像神秘图腾一样发出禁忌的香味，它们伸出舌头舔舐我的耳鼻眼手，它们迷人得像某种主义的理想一样遥不可及，又近在眼前。它们被高大的常识、教条，已知的历史和谎言围住，挤在低处，看似被遮蔽、封闭，不易触碰，往往却是最开放的部分。就像一个个出口，它们打开了我走向那些看上去沉默、封闭、边缘、隔离的人们的旅途。

约瑟芬也这样想。所以她和我有很多相似的怪癖。偷听陌生人攀谈。街拍不开腔的人和犄角旮旯。故意"误闯"禁忌之地。禁区、隔离带、原始部落，什么的最迷人了。

病态地迷恋微小之物，比如沙粒、叶脉、蚂蚁、微雕、浮尘、小孩、指甲盖上的光影、俄罗斯套娃最小的那个、微缩的地形图、牡丹鹦鹉下的直径一厘米的蛋，还有自诩能看得见空气中的"分子"、"原子"和"离子"。

沉默本身也是微小之物，比声音更小，也更广泛遍存于每个角落和缝隙。

从亚利桑那州的暴烈炎夏驶入一片不见尽头的砂岩荒原——这是另一个故事的开端。山头岩壁悬挂落日的时候，风渐渐捆绑住时间。那片深长的蓝色峡谷（Blue Canyon）就在这些时间的边境。你停驻，它停驻。你走动，它也停驻。这一种缄默的极权，任你如何，它就在那里，你进入或者不进入，它都是发令的那位。独立的电力系统，独立的通讯信号，大多数地方不通网络。一个独立自治的印第安人区域。很多人称其"国中之国"。

无论从哪个角度，霍皮部落（Hopi Nation）都是一处封闭的低地。十余条村落被高大山头、峡谷、荒野静守包围。夏令时蔓延全美时，这里的时间依旧不动声色。慢一个小时，如同挨了千年。霍比人敬诚、固执而持守传统。古老的信仰就这么杵在这里。对他们而言，世界本来就是无终止的，既无头尾，又无空间。

在进入之前，你会接到各种警告。譬如，准备好不能再使用自己的手机，准备好很可能一周不能上网。千万不要试图用相机与人沟通。当你把镜头对准他们的时候，你的死期也到了。对于这支五千年甚至更早以前从墨西哥迁徙至亚利桑那的古老部族来说，摄影机会蛰伏如伏地魔旗下的摄魂怪——于你毫无防备之时，轻易摄走你的灵魂。不可用手直指彩虹。那个传说中的神物，远超出触碰的范畴。不可对其孩子讲述他们的历史与文化——他们信仰自然获知与求解，而非主动涉入与灌输。后者是对神不敬的罪。

.

我们始终紧张。作为构成庞大队伍的外族闯入者，我们其实是被流放的罪犯。就像游戏一路通关后，止步在巨大山壁之上：前头就是悬崖，是禁地；后头亦无回头路。

不得不敬虔，也不得不前行。纵情一跃，鼓足勇气坠入禁忌之地。

正在霍皮部落山上修栈道的各国义工们。

摄 / Brandon Serna（美国）

# 过气的山谷，过时的人

禁忌之地，印第安妈妈和自己打了赌

她的家，是掩藏在山谷和时间深处的 Sipaulovi 村庄。她豢养自己、孩子、房子、宠物和那些经久暂停的时间。人们说她是一个过时的人。她越过许多年月，从古老的故事里走出来，移步到现在。据说，她的名字便是霍皮语"古老"之意。她坚持留守村庄，坚持步行，不要电视，不连网络，洗冷水澡。她甚至没有丈夫。因为脚步、电视、网络、热水、婚姻对她而言，纷纷是不可原谅的时间的杀手。

她和七岁的养女"太阳豆"（Sunbean）、一头猎犬、一头喜欢直立的貂、一只会讲濒临消亡语言的长嘴鹦鹉住在一起。生活里总有一只油腻的无形之手，扼住时间的喉咙。

你和孟加拉人阿诺波被安排住在她家。一层披了风霜的大屋子，因为装满各种动物而稍显拥挤。太阳豆很活跃，像一个精力旺盛的小野人，领着她的动物军团练习合唱和运动。他们时而跑来跑去，蹿到你们的脚边发出咒语和嗤嗤窃笑。

古老的她，不善言辞，微笑迎你们在桌前坐下。这位越过许多年月的接待妈妈，有一张印第安妇女的典型面孔。黝黑饱满的额，几乎发出沉重的湖水的光亮，高挺壮大如图森山脉的鼻梁，映照着几何图形般精准对称的颧骨山丘。眉如热烈而卧的灌木，头顶则是另一座幽暗的丛林，蛇一样的粗大辫子盘踞在脖颈。她静静坐着，一面壮丽的立体地图便悬挂在你们面前。你几乎觉得她的壮硕肩头有一种遥远的魔力——好像封闭整个霍皮部落的那些山壁，阻挡并吞噬任何外来的过于年幼的活物。

她还是会开口。略有中西部口音的英文，单词断裂地蹦出，说明她在沉寂地思考。当讲起自己民族的霍皮语时，她才仿佛变了一个人。那是一种很难记住音调的语言，但是大多数词的发音似乎都很接近。

一个个音节以一种诡异的节奏次第而出，散发出油脂、香料、泥土、砂岩、混合羽毛、烧残木炭、干草苞谷和动物粪便的原始香味。阿诺波说她的语言肯定只能在特定空气里发生裂变。就像他的孟加拉语，适用于北纬二十二度的吉大港专属山区。

霍皮语句子通常很长，像被施了咒语的尾巴。当很多条尾巴一齐摇曳时，你们立刻臣服于她的丛林。一切只能听她解释。奇特的是，她与太阳豆的对话，总是句子很长，声音很短。换作英文，也瞬间移换了一个世界。

她常常去神秘的隔壁家。尽管你和阿诺波至今不知隔壁住着谁，你们只知道古老的她喜欢带着食物、霍皮红茶、亲手制作的布艺产品，到隔壁那间更显破烂的老屋去。你们尝试猜测过她大概是喂养着，照顾着谁，某种不知名也不露面的生物——谁知道呢。

她的村庄种植蓝玉米。于是，她会做一种饱含亚洲气质的蓝玉米油饼。蓝紫色的面，进到油里跑出来，变成灰紫色。你和阿诺波接过来，大口吃进去。油炸的乡愁顷刻齿间生香。你想到油条和鸡蛋灌饼，他则念叨孟加拉炸蛋饼。消化到胃里后，奇异的酸楚才开始翻滚。一路跋涉和咀嚼，太久没有这般接近你们的亚细亚。太久没有在一群最接近亚裔面孔的"亲人"中间感受到原始又亲近的人情。

你和阿诺波对望，目光之间悄悄分享某种惺惺相惜。

你知道的，如果霍皮人不开口——分明就是一群华人或类华人的样子。特别是霍皮族孩子们。三五个围拢你的时候，你甚至会在错愕间恍惚以为自己身在中国某个乡间小学。

然而，他们一开口，流利的美式英语会打碎你用力过猛的想象。你需要时刻提醒自己，某种程度上，这里和美国任何一个州并无不同。一样的基础设施建设，一样的公立教育，一个方向的"同化"，一样会有同性恋的州议员来拉选票。这里，就算时间极力拒绝跃进，某种现代化还是不可避免地裹挟而行。如果说一定要挑出什么不同，除了你古老的接待妈妈，那便是这个小村庄仅有的媒体了。

那个名为"Hopi Radio"的一个人广播站。站长、导播、编辑、播音员全是同一人，白人斯坦·库布里克。和那个大导演同名，却是个距离电影很远的老头。库布里克显然是霍皮部落的闯入者，甚至是亚利桑那州外的来客。一定有什么重要原因，他才会愿意在这里生活吧。

到达霍皮部落第三天，你和阿诺波被库布里克邀请到广播站做访谈。同行的还有日本女生砂丽。这一个作坊式广播站，还不如你过去那所小学的广播站大。山头孤独的小房子里，直播厅、客厅、杂货间、厨房被切割得井井有条，道具、书籍、老唱片、破电线和锅碗瓢盆充塞其中。砂丽告诉你，另外那些看不出用途的东西，很可能就是巫师专用品。

你懂的，当这个喜欢一边剔牙一边主持节目的老嬉皮士 DJ，和你们几个外来亚裔共存于同一个逼仄的小房间——话筒试音，指示灯亮为黑色，标志着开始直播 "On Air" 的面具被挂在门口之时，你们这些神游的异乡人们才离开祖国，即刻进入霍皮部族最超现实的部分。

声音游荡至每一个村庄。英文、中文、日语和孟加拉语的"你好"经过电流传到每一个古老的、年轻的、过时的、神秘的霍皮人耳边。你知道，其中也包括你的接待妈妈和小女孩太阳豆。她，其实比你看到的更冷酷；小小的她，可能超过你们想象的具有超能量。

他们或许正在磨制蓝玉米粉，或者正在用太阳榨油，他们或许默默在山上收割神奇的种子，又或者正向来客讲述古老的霍皮预言。

他们或许只有等你和阿诺波不在场时才会略施法术，敲皮鼓，跳蛇舞。猎犬和貂都是站立的仆人，喘着粗气的房子变成接收命运旨意的祭坛。他们的隔壁小屋，走出一个年轻的女人，屏息点燃篝火……对了，那只长嘴鹦鹉用霍皮语停在她肩膀唱着早年学会的某首童谣。它或许根本就来自白人最早来到霍皮部落时为霍皮族祖先搭建的寄宿学校。印第安孩子簇拥着学会第一首英文的歌，大意如此：

昨天就在那楼梯上，

我看见一个男的他却没在那待。

今天他还是没在那待，

哎呀，我真希望他快走开！

你被自己吓到了。那些你根本没见过的场景就像真的在发生一样。你感觉自己在不知名电波中神游千里，就像真的置身在霍皮某处。虽然你也确实在霍皮的某处，但你想象着你其实并不存在。电流一声刺耳的尖叫。库布里克一举打断你的神游：孩子们，你们能用一个词形容你感受到的霍皮吗？

砂丽说：神秘。

阿诺波说：亲切。

你停住了，没说话。库布里克问你，难道是想说"沉默"？

你想想，说：禁忌。

库布里克剔牙的手停下来，不赞同也不说反对。

那天的节目播了两个小时。其实你一直憋着一个问题没有问那个剔牙的老人。库布里克，你究竟何时何故来到霍皮？


第四天，你们的义工活动被安排进霍皮的高中。你们打扫、布置，和印第安学生们一起粉刷墙壁。然后，你们分别坐进几间教室，和学生们交流彼此的故事。你第一次觉得自己像个冥冥中的哑巴。明明是想开口说更多，但就是很难。那些学生看见新鲜的你，想象着看见了那片新鲜而神秘的东方帝国土地。他们亲切得像同胞，也羞怯得如你东方的祖先。

一个女生拉住你，递给你蓝玉米饼，让你不禁咯噔一下。她，居然，像极了你神游时见到的那位点燃篝火、托着唱童谣的长嘴鹦鹉的女子。你听说她叫穆丽尔（Muriel），十六岁的同龄人们更喜欢叫她"Outspeak"。

"因为她太他妈的，固执了。她甚至不会用霍皮语说谢谢！救命！老师总是不得不对她说：请开口吧，消音小姐（Miss Muffle）。"一个皮肤黝黑程度远超黄种人的男生说。

她是五岁时才被她离经叛道的妈妈从外面带回霍皮来的。"穆丽尔"来自凯尔特语，意为海之光亮。人们不知道她和那种公元前二〇〇〇年的中欧语言有什么内在联系，只知道那时候的穆丽尔是个初来乍到的倔强的孩子——外来的，以及不合群的。至少，不算是血统纯正的霍皮人，被赋予大地守护权的红色人种。

她妈妈早年从部落离家出走，去外州，甚至外国念书、工作，终于在某一年悔过返乡。她一直奋力打破的部族禁忌，最后还是被她自己吞噬。霍皮族部落的女子通常和同族男性成婚生子，然而穆丽尔的父亲显然不会是族里的男人，尤其还是未婚先孕的产物——有人说，看，五岁的小野种！

孩子们猜测过她奇怪的身世。也许啊，她那张依旧是黄种人样式却略显白皙的脸是她妈妈和白种人混合而生的。并且，那白人是来自中欧的凯尔特后裔瘊子，或是内心寒冷的爱斯基摩人，不管怎么样，都抛弃了穆丽尔和她妈妈。有人说，也许，她是霍皮女子与南美印加帝国后裔男子的产物，这大概可以稍有原谅。立刻有人反驳，难道是墨西哥敬拜月亮女神的印第安人吗？还是玛雅人？亚洲人？不，不会的。亚洲男人不会看上她。

当然，穆丽尔妈妈的解释是：她爸爸已经死了。他是外族人，但也是印第安人。

其他具体的细节，长大的孩子们都不太记得了。随着几年前穆丽尔妈妈的去世，这件事连同她早年的出走、未婚生女的神秘情节一起被埋葬了。大人们不再谈论，也不大愿意回忆。偶尔，还有口齿不甚清晰的老人说起，她啊，怎么能和殖民者结合呢……

历史课上，古罗马历史学家塔西佗的话依旧在被引用，提醒霍皮后代们，他们曾经是被侮辱与被损害的。"抢劫、杀戮、偷窃，他们称之为帝国，而被他们变为荒地之处，他们称之为和平。"

若干年前，进入过如霍皮一样原住民部落的人类学家，一度很惊异地发现，美国政府的官方政策，居然是将坚持信仰他们自己宗教的原住民囚禁起来。他们不被允许表演某种舞蹈，唱某些歌，举行部族庆典，或以自己的方式祈祷。进行"异教徒"宗教仪式的人，若是被抓到就进入监狱与谋杀犯、小偷关在一起。

在印第安人部落法的第一部分里，他们曾经既不是美国公民，也不是外国国民——联邦最高法院判定其为"国内附属民族"。这一点，直到一九二〇年才获得改变，他们被正式给予公民地位。但他们自己的部落保留区内的自治权依然受到国会的限制。

你和霍皮高中里那些老教师聊起这些时，心里一直想着那个抓你手的穆丽尔。如果说那些存在于"史前"的跨越白令海峡的大迁徙，是一段真空。以各种方式被压抑原始文化的古老部族来自那种真空，那么，穆丽尔的不被言说的童年也算是段真空了。

你再次进入那个班级时，他们正在课间。穆丽尔依旧在自己座位上，埋头看一本书。抬头看到你，她眼角闪出那种你熟悉的湖水般沉重的光亮。"你好，穆丽尔！"你在她旁边坐下来。一时语塞，尽力找寻合适的接下来的搭讪语词。你知道她能听懂你的英文，然而却不知这位"消音小姐"会怎样回应你交流的渴望。

穆丽尔显然在端详你的脸。那种仔细仿佛是在凝视失而复得的情人。她用一种精密又古老的花体英文写下一个句子——青春期的霍皮女孩身在霍皮，却和库布里克、你、阿诺波一样是外来的、同类的倾吐——你怎么也想不到的，她对你"说"的第一句话，竟然是：你好！你生过小孩吗？

喔，一定是你之前在人群中自作聪明搜集关于穆丽尔的事时，忽略了什么。一个尚未成年的高中女孩向来自独生子女王国的年轻的你询问，是否有过孩子——她要论证什么？

你说，当然没有。在中国，二十岁的女孩才可以结婚，至少在结婚以后才会生孩子。而且这个国家从几十年前就鼓励晚婚晚育，以控制人口。

穆丽尔并无任何不解、失落或者不悦。接着她几乎是神采奕奕地告诉你：但我已经是一个两岁女婴的妈妈了！我很高兴。真的！她从书包里拿出一个自制包装的相册，骄傲地给你展示她和她的女儿的照片。她没有开口讲一句话，但你知道作为母亲的她多么乐意告诉你更多她的故事。

你很难想象，这个十六岁的女孩，依据霍皮部落的规矩，十四岁便成婚了。她的丈夫是她的同班同学，有些羞涩的男生兰斯（Lance），之前就坐在那个告诉你穆丽尔叫"消音小姐"的黝黑男生身后。你甚至没有注意到他。

你问穆丽尔：你爱孩子的爸爸吗？

穆丽尔在纸上回答：是的，有了孩子就更爱了。可是我们并没有生活在一起。

你没有继续问下去。但你尝试去理解，一个因身世被质疑和谴责过的私生女，回归后爱上部落的男孩，两人是要顶着怎样的压力在一起呢。还是说人们不再论及此事，正因为宽容。这片土地的儿子，用婚姻同化背叛者的女儿。你几乎开始猜想如果这事发生在你古老的接待妈妈身上，她会多么厌恶自己。她是那样固守传统的过时的人。霍皮部落给予她的全部历史，皆是敬畏、禁忌与循规蹈矩，即便她有神秘的魔法。

然而，她的同样来路不明的养女太阳豆会不会是另一个小时候的穆丽尔呢？你胡思乱想着。穆丽尔最后问你，住在哪一家接待家庭？你回答她后，只见她几乎跳起来。再次抓住你的手。教室门口同时闪现了兰斯的身影。

兰斯！你太太穆丽尔叫你过来看呢——这个中国女孩和她是邻居！穆丽尔的同桌帮她叫住兰斯。但你无法辨识，那是一句普通的转述，还是故意的嘲讽。因同桌女孩略带寒气的怪笑，你感到一阵紧张。男孩几乎一步跨了过来。彬彬有礼地向你打招呼，不含杂质的美式英文：嗨，我叫兰斯。

那只是你的想象。

在这个穆丽尔亟待被证实她所讲述的记忆的与深感荣耀的一切，有人与之共享并同样感到荣耀的时刻——事实上的兰斯，就像不曾听见任何人唤他一样，转身退出了教室门，径直远去。同桌女孩鼻子甩出一个重重的"哼"。

穆丽尔，瞬间被抛弃了。似乎不只是被这个男孩，而是被某种惯有的霍皮禁忌，某段很难再次被记忆的时间，某种霍皮人、美国人、男人、女人、大人、孩子，黄种人、白种人、红种人共有的合谋性沉默抛弃了。

穆丽尔依旧没有展现任何不悦。她继续给你写下：我就住在你接待家庭的隔壁。有机会家里见吧！大概是她的若无其事，让你内心难以抑制地涌出心疼来。

你是多想证明，你并不是同情。你只是好奇和感到不知来路的亲切。你甚至迫不及待想要和马克思一起分享你在霍皮的这个发现。这个充满禁忌的部落，也有一些介于对抗禁忌与接纳禁忌之间的存在。

你看到一个努力融入的外来者，也看到一个极力否认并被拒绝的局内人——并存于穆丽尔的身上。

你开始关注太阳豆家的隔壁。显然，你和阿诺波严重好奇和尝试猜想的"隔壁"老屋很可能就是穆丽尔的家。古老的接待妈妈常常过去的那个家，恐怕就是这个曾经为整个部落所不容的背叛者家族的藏身之处。

依据你所听闻的穆丽尔妈妈早已去世，她妈妈所在的家族并未剩什么人，也早不再管穆丽尔，所以古老的过时的印第安妈妈竟然一直在偷偷照顾被部落排斥过的"野种"长大吗？你联想起一九四八年以色列建国前那些在英军宵禁时掩藏逃难者的耶路撒冷家庭；或是西班牙内战时在地下室里躲避搜查的游击队员，每日接收地面家庭主妇的秘密接济；甚至是，很久以前逃到美国的流亡之家房后那棵茂密大树上的神秘树屋里，住着对外号称"土著"吃泥土树叶的神秘人，其实是偷偷拟定宪法草案的异见民权斗士——哈，这些都是旅途中团队里德裔犹太女孩，西班牙男生，还有马克思对你讲起过的拼盘一样的故事。

其实，你更应该联想到的，恐怕是四十年代被好心农民"圈养"在后院的英勇地下党员们、《挺进报》印刷者和鸡毛信传递者；要不然，就是那些藏在白色恐怖雾色里的岛上眷村、船家的 Amis 后裔及徒弟们。热血的口腔里奔涌着暂时无法流出的财富，鼻息才是被判通敌的信息通道。

你有一种深处历史真空而刚刚自知的惊叹。这惊叹，和在两年前的香港你的身边人登上八卦杂志封面时，你才知自己早已是被遮蔽新闻的一部分的感觉一模一样。难怪她还从未主动讲起隔壁的事。难怪从不见其他霍皮人前来，这片人迹罕至的村庄的边缘。你犹豫着要不要先告诉阿诺波，以便可以一同试探古老的她。

令人雀跃的猩红色傍晚，又飘来那种油脂、香料、泥土、砂岩、混合羽毛、烧残木炭、干草苞谷和动物粪便的原始香味。稍有不同的是，它们还窸窸窣窣混合了霍皮语之外的秘密。她领着太阳豆坐下。猎犬、宠物貂都不再做声，长嘴鹦鹉也瞬间不知去向。你和阿诺波坐在餐桌边，面向着欲言又止的母女俩。

接待妈妈首先打破沉默。

"你们好像已经知道了，隔壁穆丽尔的事，对吗？或许，我可以告诉你们了。"你和阿诺波惊奇地对望彼此，脑中跳跃着异口同声的惊异：难道你也知道了！

我知道的。你们一个遇到了穆丽尔本人，另一个是听那个多嘴的闲人库布里克说的——他还真是广播站大喇叭。

她接着慢条斯理地讲下去。夜色沉重地盖下来，像一条宽大的被子。你们躲在被窝里，幸运地听这个"妈妈"讲霍皮版睡前故事。你猜测着，与此同时，马克思寄住所在的另一个接待家庭，大概没有这样的待遇。

他们在干什么呢？可能吃着蓝玉米饼，说笑着白天义工活动的段子吧。

你记得当你告诉马克思你在广播站臆想的那些画面，他疯狂地笑了。他很理解你在霍皮部落遭遇的矛盾情绪。既亲近又被拒之千里的不存在感，既前所未有的熟悉，又陌生的强大的未知。你深陷其中，而且因为住在古老的过时的女性家庭——原始母系氏族社会般的神秘和古怪习俗，又有些冷漠地隔离了你。

他同时为你丰满的想象力折服。他给你写下那句"放轻松，不要想象过度。感受霍皮的空气和人，不要像记者一样质疑和询问"时，一定不会想到，你的好奇此刻换来了怎样的秘密收获。

她端坐在你们面前，缓缓讲述。几天来，她从未说过如此多的话。太阳豆也从未如此安静下来。你和阿诺波贪婪地享受这个家中接待妈妈"不沉默"的另一面和一个并未荒诞不经的霍皮禁忌。

穆丽尔是我的朋友的孩子，于是就像我自己的孩子一样。你们不要听信某些闲话和传言，一切并不是你们想的那样。穆丽尔的妈妈不是背叛者——相反，我从未遇见过如此善良忠诚的人。

她出走，就和我们每一个霍皮人内心渴望的一样，只不过唯有她，真的去做了。她十一年前带回的那个女孩，就是穆丽尔——其实并不是她的亲生女儿，虽然，她向族人承认那是她和外族人生下的私生女。她顶着压力回来，是为了让穆丽尔可以活下来。

你们知道吗？那时候在一间保守的文理学院求学，她是多么艰难。在早已脱离种族歧视的年代，她依旧是孤立无援的印第安人。当她遇见相似状况的艾比时，她感觉照镜子样见到了另一个自己。艾比一直憎恨自己区别于白人的肤色，让她生活在重压下——不只是在餐厅打工遭遇的任何一种歧视，也是在校园里被迫缴纳给白人姐妹会的"保护费"，课堂里教授和同学不太友好的言语和眼神。她和艾比情同姐妹，租住同一个房间。她给我写信讲述她们蒙受患难而越发忠贞的友情时——我甚至有些嫉妒艾比，在我朋友最艰难的时间比我更接近她，占有她。

然而，后来艾比自杀了。自杀前她生下一个女孩，孩子的爸爸在根本不知道她怀孕的时候就已离开。她们两个弱女子一起把女孩抚养到五岁，艾比终于顶不住生活的压力离她们而去。你能想象吧，两个在大学时便常常在一起的女生，毕业后也就生活在一起，还共同抚养身世不明的女儿。人们显然会说，看！这对拉拉！——不要以为美国是多么包容的社会，那可是错觉。无论时间过去多久，如今这个世界，可悲的是，与杀死一只知更鸟的时代并无多少不同。在你们的国家，可能也是。总有一群人，以各种理由排斥另一群人。这种排斥，有时是歧视，有时隔离和排斥，有时却是谋杀。

对于穆丽尔来讲，她有两个妈妈，生母艾比和我的朋友。把她带回霍皮前，二号"妈妈"警告她：到这里后，和任何人说话千万别先开口，暴露身份，特别是在还没有学会霍皮语时。最聪明的做法是，永远不要解释，装哑巴以保护自己。

这个世界的准则是，说得越多，通常越容易因对抗而失败。排斥异见者的人群，更仰赖沉默。

在"妈妈"看来，独立一人继续在外抚养穆丽尔，还不如带回部族更安全。把她领到霍皮部落，是"妈妈"和自己打了一个赌。回去，或者不回，不是在原始与现代之间做选择。唯一的不同是，一个至少懂得敬畏时间与坚守传统的地方，就算再禁闭，某种意义上也比外面更开放。

接下来的故事，你们或许已经知道一些了。穆丽尔来霍皮后在她妈妈家族住过一段时间，人死光了，后来搬到我的隔壁。她死前就把穆丽尔托付给我。穆丽尔十四岁嫁人了。对象是她的朋友兰斯，那可真是个勇敢的孩子。他为了穆丽尔做过很多傻事，其中的一件就是违背族规拍下他们孩子的照片。在此之前，穆丽尔求他带她去过蓝色峡谷那边，为了在部落之外的必经路口看看霍皮之外的人长什么样子。那时候，他们才七岁啊。

兰斯家是我们这里的大家族，可惜这孩子是神经性耳聋患者，还拒绝带助听器。他从小习得唇语——英文和霍皮语都可以。所以穆丽尔根本不必发音，光用口形就可以和他交流。他们在你们做过义工的那个营养中心认识。孩子的事我没有问太多。只知道，穆丽尔还用口形教会了兰斯识别一种特别古老又节制的语言——呵呵，这个，是我的个人判断。

现在穆丽尔也是一位妈妈了。她和兰斯高中毕业就会搬到一起住了。那个两岁的小孩，嗯，有机会的话你们可以去看看。


你就要离开霍皮部落。因为每天的义工活动排得很满，你最终没能有机会跟着接待妈妈到隔壁穆丽尔的家看看她和她的孩子。只是有一天大家帮助霍皮部落在山上修筑栈道的时候，你再次见到了穆丽尔。她是霍皮高中派来给你们送饭的代表。蓝玉米油饼、蓝玉米脆卷、酥炸乳酪饭团，和某种浓紫色的汤。

她送给你一叠霍皮明信片和一枚太阳银饰——她表现得甚至比明信片上霍皮族祖先更像一个得体的霍皮印第安人。她成婚、生子、梳规范的发型，不缺席任何重要的祭典，她能听霍皮语，并敬畏神灵。人们有理由相信她至少有一半霍皮人的血统。她到现在也不开口讲话恐怕是因为她不想揭开自己曾经学习异族语言的伤疤。

听完穆丽尔故事的那天后，你和阿诺波再也没有向古老的过时的接待妈妈问过关于穆丽尔的更多。你为之感慨，你竟然在更早的时候误会并未与你说过话的兰斯是抛弃穆丽尔的人。你也曾错以为你寄住的这个家里，女主人和孩子背着你们施法术，在隔壁绑架或者喂养神秘生物。你几乎相信过你没有去参加霍皮人夜晚篝火边的祭典，而是猫在房间里和阿诺波看一部女摄影师教印度贫民窟孩子摄影的纪录片——是因为你在这个禁忌之地，羞于融入他们。

你就像曾经的"殖民者"一样，闯入他们，通过某种建设猎取感情，又不留一点痕迹地离开。你和历史真空里自以为可以改造他者的人类，并没有什么不同。甚至你们整支队伍一直以来就是在做这样的事。你或许不会像马克·吐温那样坐火车和马车横越大半美国，在大盐湖边遇见被白人称为"掘食的土著"的讲肖尼语的哥休特人，并记录下来。

他说：这是我所看过的最不幸的人。

他在《苦行记》里写下：他们不会生产，没有固定村落和明确的部落社区——他们唯一的遮蔽，是一块毯子搭在灌木上以阻挡风雪。他们生活在我们国家中最崎岖、最寒冷、最令人厌恶的荒地。布须曼人和我们的哥休特人，显然从相同的大猩猩、袋鼠、挪威鼠，或者任何进化论可以追溯到的动物而来。

你耻于用同情来发表你对霍皮部落、古老的过时的人们，库布里克、太阳豆、穆丽尔、兰斯和他们孩子的感情。

临走那天，阿诺波出人意料地拥抱了你。他从来是一个羞涩孟加拉人的典范，但却是一个热情的好室友。你们住在不同卧室，你常常必须听见他在夜里伴着口哨，小心地弹奏吉他曲以后才能入睡。他是你在这里挖掘沉默秘密的战友、同伴和后盾。

这位个头矮小的坚强后盾，趴在你耳边说：知道吗？库布里克悄悄告诉我，他一直留守这里的原因是——他爱上了一个霍皮女人。古老的过时的"接待妈妈"其实走出过霍皮，那一次她去看望穆丽尔的"妈妈"。那时也是库布里克第一次遇到她，就追随而来。他知道她的一切。他也知道她根本不会嫁给他这样的外族人，但他不后悔。

阿诺波吐出的气缠绕着他说出的话，就像缥缈的蒸汽一样，顷刻消散。你回过神来的时候，耳边的空气不再灼热。你远远地看见他在院子里拖着行李与库布里克的古老的爱人告别。这一刻，你甚至不确定阿诺波是不是真的对你说了什么。

一只小手拉住你的衣角，是太阳豆牵着宠物貂，仰望着你，问道：穆丽尔说我们的祖先来自你们那边，真的吗？

　你笑笑说：或许吧。大陆与大陆连接的时候，我们都是一家的。

一种惶恐突然抓住你。因为不能拍照片——你没有资格和能力存证这里的一切，很快你可能就不记得太阳豆和她的动物军团了。有一天，你不会再对穆丽尔的脸有记忆，不会想起你到过一个有时会在地图上消失的禁地。

现在，你做梦一样想起离开霍皮部落那天下午的画面和声音，你甚至无法说服自己那真的发生过。

那时，消失几天的长嘴鹦鹉突然蹿出来，停在院子门口的木桩上，告别一样大叫着变调的中文：zai——jian! 再——见！虽然，可能因为不会发出平舌的"Zai"，你怎么听着都觉得它说的更像是"待见"，但从未对那只鹦鹉讲过中文的你，瞬间明白：这里一定有谁会讲中文并且教过长嘴鹦鹉。

你还神游一样忆起，在霍皮高中教室遇见穆丽尔时，你记得她看的那本《了不起的盖茨比》扉页上，她的姓与名之间的中间名，是一个汉字——爱。

当时觉得困惑，却没有问她，你猜想那可能只是一种"时尚"。就像对西班牙语一无所知的中国人依旧会有文身"Te amo"（我爱你）一样。

长嘴鹦鹉会讲霍皮语、凯尔特语和英文，穆丽尔也教过它和兰斯讲中文。那应该是因为就算穆丽尔的生父真的是个印第安人，她的生母艾比其实是华人！你们接待妈妈讲故事时一定提过的。

然而，你找阿诺波求证关于离别那天的场景，他甚至早已不记得长嘴鹦鹉的存在。

你开始怀疑自己：不对，穆丽尔明明并不会开口讲话的啊。你担心最终不得不承认，其实最过时的那个人，一直是你自己。

时间边境的鼹鼠。
就像跳着最后的舞蹈。

这样的低地，后来越来越多。
它们像神秘图腾一样发出禁忌的香味，
它们伸出舌头舔舐我的耳鼻眼手，
它们迷人得像某种主义的理想一样遥不可及，
又近在眼前。

偷偷拍下太阳豆的房间一角。
墙上贴画是她敬仰的女神。
已经卷起的条幅写着：谁是你的爸爸。
除去大嘴娃娃是我带去的外物，
其余都是太阳豆的私家珍藏。
很荣幸，
小姑娘愿意把这个给我借住，当做卧室。

摄 / Akiyoshi Kubota（日本）

极其不容易的机会。
一段舞蹈结束。
两位霍皮朋友居然允许镜头对准他们。

这是兰斯提供的私家旧照。

霍皮孩子们的探险课。

一起在古老的蒸汽火车头前，留个影。

兰斯利用他擅长的图片处理软件，
制作有趣照片，
老人手中的印第安男孩正是兰斯。

# 7

## 我叫噗通，
## 来自花疆

不说话的人不仅没有权力，
而且会被人看作不存在，
因为人们不会知道你。
——《沉默的大多数》王小波

摄 / Annicka Lundin（瑞典）

Denver

这是一场我过去不敢想象的漫游。看上去离世界很近，兜了一大圈才发现，作为"来自山里的孩子"的我，很多时候不曾离开过那个在横断山区、大裂谷、金沙江边的出生地。

比如遇见"噗通"的时候。

"噗通"是我们行至美国科罗拉多州遇见的一位华人老乡。没想到，竟然在美国中部华人极少的城市遇到真正的老乡。她是我们某场义演的观众，主动前来找寻我们团中的中国人，然而认识了我。

然而，其实她是不说话的。那时候她举着一块纸牌过来打招呼：嗨，老乡。

老乡同样产自那座西南边陲以花命名的城市，攀枝花——在这座六十年代三线建设为国家而生的人造移民城，生产一度是唯一的逻辑。这里先生产，后生活，这里只有工厂，没有城。

我告诉"噗通"我擅自为家乡虚构命名过"花疆"的名字，希望其接近自然而非为机械而生。她表示认同，然后默默笑了。她和我毕业于同一所中学。大概十年前，她来到美国定居。我们共享在同一座城市的童年，甚至都住过临江的小区。我们共享一种花疆独有的记忆，死亡的沉默。

儿时的梦境里反反复复出现过不知名的邻居家孩子不断因为到江边玩耍而被江水吞噬的消息。那个不懂得死亡的年纪，这样的记忆是危险的。我们在不同的年份分别一遍遍被老师父母警告，小孩子不可以随意到江边。可是，我真的还是和同学偷跑去，险些把自己丢进去。

同学的哥哥到江里游泳再没有出来。隔壁的隔壁的小孩掉进去，死了。甚至还有各种大人不小心、不注意，在夏天暴雨江水猛涨的时候去江边，然后再也回不来。后来小伙伴们给了金沙江"死人河"的恐怖名称。至今是噩梦。

对"噗通"来说，因机器而亡的人们的消息可能比江水吞噬的更可怕：被绞进皮带机，被机器切断手腕、轧断身子，高炉烧伤，吊车压亡。每每工厂发生伤亡事故，她总是最快知道。死亡近在身边。

因为她爸爸曾是负责宣传的安全员，直到一天他自己也倒下。自此，"噗通"的世界更加沉默。她甚至不再觉得空气的沉默是声音的消逝，而是声音的被谋杀。

旅行至此，让我来说说关乎死亡的花疆的事。这里有光荣的尸体、童年底部的暴力、被谋杀的舌头和大板牙。

这是一座蒙上红布的城。满眼的红，是火烧云、大裂谷、木棉树、三角梅、凤凰花，是高炉火、沸腾的钢水和工厂，是过于奢侈的阳光还有绵长火辣的夏天；连同拓荒的父辈和他们献给共和国不毛之地的年华，都是红的。

据说，孩子胸前的红领巾，是红旗的一角，是烈士的鲜血染成的。而高大笔挺的攀枝花树，之所以能开出满树的小火炬一样的花朵，也是因为先辈抛头颅洒热血，从土地根部浸染而成的。我出生在这红里。小时候玩过的游戏，扮演烈士，见血就是一种光荣。孩子们学会一套基本的游戏伦理：人民与敌人、好与坏、正义与邪恶，势不两立。付出"血"和"生命"，是青钩子娃儿仅可仰望的英雄主义。

除此，"捉鬼"是一项传统。那时候，港片《倩女幽魂》、《人皮灯笼》盛行，穿朝廷服的僵尸、人肉叉烧包在孩子打闹里还魂。互不相熟的小屁孩们常常临时组队，变成拍摄鬼片的剧组。

领头的叫导演，剩下的通通是演员，当然一半是"活人"，一半是"鬼"。僵尸、冤鬼、吊死鬼、木乃伊、千年女妖，各有阵地躲起来。导演一声命令，鬼片就开拍。活人要闯关一样经过每一种鬼掌控的区域。还真是没有什么逻辑的游戏，全程可以一言不发，鬼在关键时候发出扭曲怪异的"啊、啊"音效，跳出来就好了。

原本是活人捉鬼的游戏，后来不知从什么时候起，人鬼不分了。

活人一不小心，没逃过鬼门关，剩下的事就是"装死"——就像理查德·耶茨写过的九岁孩子那样，定住、转身、倾斜、摆出痛苦、撕裂又优雅的造型，一头栽倒，有小山坡的话更好，用手脚并用的专业姿势滚落下去，卷起些尘土，最后变成一具光荣的"尸体"。

谁更沉默，投入"死亡"其中，谁一丝不苟地被抓，尤其"死"得好，甚至摔出血印子，谁就更能赢得小鬼们乃至导演最多的欢呼。大家把"尸体"围成一圈，仪式般训练其"吃人"绝招。如果大家默默点头认同，自制小红旗、孔雀羽毛一样的凤凰树叶子和红彤彤的花就被插在"尸体"头上，本是输家，却起死回生，摇身一变，变成一只新"鬼"。

活人都变成鬼时，我们便该回家吃饭了。

那套人民与敌人的游戏伦理仍在作用，只不过被改造成了："鬼"如果对"活人"温情，就是对所有人民残忍。

所有角色里，能从人到鬼的"尸体"甚至比人或鬼更加光荣。不必否认，我也对做一个如此体面的失败者乐此不疲。那些躲猫猫、跳格子、戴草帽、贴膏药、红灯绿灯定、好人打坏人的游戏中，再没有比这个更简单粗暴而扣人心弦的了。不需要运动才能、竞技对抗，甚至不需要说话，专心致志地自行"死"去并做好"尸体"即可。

然而，在墨西哥城一家孤儿院看见叫做艾德伽的五岁独臂男孩，也在为同伴们扮演一个心甘情愿的"死者"时，我突然感到揪心的后怕。这种只能通过"死"来确认人的价值的游戏，再一次上演。这种本质其实是一种残忍教育，从孩提时代便深入骨髓的"道理"，在游戏中是多么政治正确，又是多么可怕——活人是用来以"死"被娱乐的，甚至无需开口。不能"生"，便为这个道理光荣地"死"。

我蹲下，拉过艾德伽抱住他，用他唯一的左臂去触碰自己的心跳。我能感觉到他轻盈的笑和悸动。虽然语言不通，我们还是通过握手、拥抱、眼神、微笑度过了一整天。我们的运动是打球、跳舞以及"飞翔"——护住他的身体和臂膀，腾空而起，在空中旋转两圈——我发现，这是他最喜欢的运动。或许身体最自由伸展的片刻，才让孩子感到自己真实地"活着"。

金沙江和渡口桥把花疆一分为二。一半是厂里的，一半是市里的。厂里这边的都是外来的，市里那边的也很难讲是本地的。因为本来就不存在什么"本地"，整个城都被时间排除在外。

这边是讲普通话的，那边属讲四川话的。江北岸生产钢材和铁轨，江南面则生产人潮、市场和孩子们的周末。毛头小子的童年被一分为二，这岸是生产、劳动、学习和考试，那岸是花花世界，有公园、游戏厅和肯德基。

小学一年级的我，还不太知道如何和这个世界相处。童年是一条大舌头，特别笨重，除了不会自主发音，舌苔上常常戳中邪恶的小刺。遥远的多年后，那些被堵截，被关闭在喉咙深处的恶行还是历历在目。

在一所靠近江边的艺术学校，我进了所谓的边缘班。那时候一位漂亮的女老师带一班，另一位不那么漂亮的老师带我们二班。一班很多漂亮的小孩，操着各种口音，就像来自我所不知道的神秘星球。二班很多是我熟悉的伙伴，我却不能再和他们一道回家。因为父亲在外地工作，妈妈倒夜班，我大多寄住在曾经的邻居哥哥家——回家的路线不再一样，而是相反方向。放学铃一响，学校大铁门打开，以前往左是回家，现在只能往右，爬上高高的大坡。

在这座安置在大裂谷中的山城，坡坎和电线杆差不多一样多。我蠕行在大坡上时，喜欢时不时回头看看自己挂在低处的影子，它像一条比我更精神抖擞的尾巴。有时候，更像一条狗，这阴影黑着，它便也黑着。阳光越发透亮着，它还是黑着。周遭的空气和人都明晃晃着，只有它真实又执拗地黑着。六岁的我相信黑狗是我身体的一部分。它是唯一尾随着我、不离不弃的活物，看上去是我最黑暗的部分，同时却是最灵动的。

多年后我才明白，它和一个小孩心灵底部某种残忍暗自相通。

死气沉沉的一天，往往只有它提示我，我身上还有一部分尚未开放的神秘。或许在未来临终的某个午后，我会在离开前滔滔不绝地想起我开启神秘的一生。

那些神秘最初就是连续不断的。有一个是这么打开的：

女孩们像花朵一样疯跑着。阳光照进骨骼里，发出嘶嘶的声音。女孩们选中新来的头发最浓密的一个，比赛谁能扯下她最长的发丝。伸手扯的，争先恐后，意犹未尽；被扯的，跑也不是，停也不是。她只好坐在中间，任由十余双手伸来时，头顶生生的疼。先是眼泪蹦出，随即不可抑制的尖叫。这尖叫出人意料地更叫女孩们兴奋，像是开关被瞬间弹开，只要伸手撕扯，就能轻而易举建立一种竞技的快感。

我是新来的另一个，头发稀松，口齿笨重，绵绵的大舌头。看到这一切时，心里一片混沌，来不及做出一个六岁孩子对于暴力或正义的正常判断。

只听见女孩们招呼我，快来快来，你来加入大家，多好玩。

"大家"，还真是一个极具诱惑力的词。我想象那里面装了好多人，就像无数条我的黑狗。好玩，也是一种致命的力量。"祖国的花朵们"常常以这种力量为儿童时代最严肃的追求。

她们友好地摇尾，一致动作，喘着快乐的粗气。她们有迷人的喉舌，发出同龄孩子无法企及的成熟嗓音，呕待我的点头和加入。我被那种集体的快乐鼓动着，感觉身后那尾活物点燃一样烧起来，温度蔓延全身。

我伸过去我的手，在黑色的漩涡里迅速揪了一把又放开。

顷刻间，堵在嘴里、压在胸口、沉甸甸的东西都消失了，呼吸变得轻盈。躲在我脉搏里那些不安分的血细胞默契地雀跃起来，就像以后每一个下一次，让我知道：平日那个沉默小孩，原来就是这么回事，我活着，存在于一个集体中，这个世界中，就是这么回事。

女孩们咻咻笑起来，看，她多勇敢，一下抓这么多。

我看着手上不可思议的发丝，像通联的管道即刻把我和她们连接起来。我和女孩们笑着，也开始喘出快乐的粗气。身后，被撕扯过的孩子，哭泣、伤痛，我漠不关心。我只急于确认和意识到，那一刻，我用释放自己的黑狗而取得了来之不易的集体的认同。

世间多少童年，避不开相似游戏面貌之下的残忍。

这却并非一个孩子第一次瞬间激活的暴行。早在这之前，我和幼儿园伙伴用火依次烧过蚱蜢、蚂蚁、蝴蝶、蜗牛、受伤的小蝙蝠和青蛙——只为了验证一句童稚的预言：濒死的小动物会尖叫出来，就像我们会呼救一样。结果大多数试验品都沉默地死去，除了青蛙皮肤和蝴蝶脚趾开裂的嘶嘶声。几年后，我才知道原来长在蝴蝶脚趾上的是它用来吸蜜的舌头。

只是无从知道，那嘶嘶难道其实是它的死前呐喊吗？

一年级的下学期，新转来的小男孩坐在我旁边。因为有白白的两颗大门牙，他被叫做"兔牙"。"兔牙"比我话更少，常常咧嘴一笑，露出两扇白色小门。男孩们，女孩们都取笑那两扇门，笨重又迟钝。我淹没在那些取笑声里，很少抬头和开口。没想到"兔牙"竟因此默默感恩，认为我是唯一对他友好的同学。

我很快发现他会尾随我回那个大坡上的家。一路上他变成另一条小黑狗。我不说话，他也不说。我"嗯"一声，他也"嗯"一声。一直到了家门口，我进去，他就远远看着，挂着鼻涕，露出小白门，挥挥手再见。

两个月后，班级里至少二十个小孩丢了尺子，老师觉得蹊跷，要求全部人留下被搜包。最后搜出全部尺子在我的书包里。我刚被打了一板条，"兔牙"却突然噔的一声站起来。孩子中就有人嚷起来，"兔牙"终于承认了！早知道肯定是他偷东西，陷害人！

"兔牙"不开腔。老师问是不是他，他就"嗯"一声，连小白门也没露出来。于是换成他被打了一百板条。我在旁边哭得像条黑狗，后来被寄住家的阿姨接走，没能有机会等到"兔牙"再尾随我。

很快，"兔牙"被彻底孤立。我和他的座位被调开，也被警告不能再和他说话。他不再继续尾随我回家。直到一个下午，我和女孩们打羽毛球时，他低头走过来，说要和我说话。女孩们嚷嚷，不要理他，千万不要理他。

我身后的黑狗蹿来蹿去，我终于没能走过去。"兔牙"欲言又止。我就知道自己内心那个开关又激活了，沉默的邪恶流出来，嘴巴纹丝不动。第二天，"兔牙"转学了。

我终于忍不住找到老师告诉她，其实尺子就是我偷的，"兔牙"是被冤枉的，别让他走。我不知道为什么自己当时鬼使神差地拿了那些花花绿绿的尺子，想看看尺子的主人们会怎么样，我也不知道为什么"兔牙"会莫名其妙地挺身而出。这，根本不关他的事啊。

老师却说，转学是他自愿的，尺子的事也是他承认的。他说那些小孩嘲笑他，所以他拿了尺子报复他们。只是暂时放在我的书包里而已，就被发现了。

曾做过尺子小偷的我，泪水像金沙江那样奔跑下来。我做过很多可怕的事，偷窃、说谎、告密、杀生、撕扯别人的头发，让越来越多的小孩加入"捉鬼装死"的队伍，直到我开始厌恶当"尸体"，变为当发号施令的导演。

但这些都比不上我对"兔牙"做的。我从没有对他说过一句真心话，没有给过他说哪怕一句话的机会。在众人取笑他的时候，我羞于和耻于开口，一开始我明明看不惯，后来却助纣为虐。我甚至安然接受了他代我受罚。他自始至终从无害怕和后悔过，为他误以为是朋友的同桌站出来。

我难以想象后来的"兔牙"会长成什么样的少年、男人，经历日后怎样的成长阵痛和如何更疯狂的话语暴力。他还会是在人群中的那个沉默者吗？任由嘲笑、孤立、误解和恶意扑面而来，他不解释，不争辩，挥挥手露出两颗大门牙，就像两扇白色的小门。

我再也没有机会找到"兔牙"。来不及向他问好和道歉，来不及问问他为什么做这一切，问问他最后找我到底是要说什么。

这就像是童年的一颗黑洞，当所有疑问都被黑暗吞噬，再也没有答案。

唯一的答案，是我回望记忆，体会到暗藏在人身上的黑暗，早就那么存在了，甚至从比童年更早以前。不需要什么源头，它自己就是源头，从来需要的都只是一个开关。

也许这只是一件微不足道的暴行。也许每个年代，每所学校，每个孩子的团体，总有那么几个被欺凌过的对象，其中可能总有一个会从被欺凌变为欺凌别人，也总有人在这两种状态中循环往复。我还是难以忘记那个幼小的沉默者、被欺凌者和保护者，并且发自内心地感激他给我机会重返记忆，面对以前我不曾意识到的自己的黑暗。

从童年的舌头开始，恶行遇见我自己。

这是一趟出生便出发的旅行。有时我用沉默交换信息；有时我收集躲藏起来的声音；有时我声嘶力竭，呼唤言论，以为声音意味着授权和正义；有时我也谋杀他人的声音，自诩替天行道。

直到很多年后，我发现我早已谋杀了自己的声音，隐匿在闯入者身份的背后。曾经，我是沉默，我是外来客和中间人；所以我变成声音，以为就可变成自由，确认自己的存在。

其实我常常是暴力本身。

当我离开花疆，开始我的旅行，就像一场从童年出走的救赎。

在北京、香港、台北、丹佛、西雅图、图桑、华盛顿、墨西哥城，任何一个地方停留和生活时，总有一个个如昔日"兔牙"的沉默者。在路上探访这些被遮蔽的声音，为他们立传，都逃不开那个秘密的原点——重新直面我的黑暗，并粉碎它。就像此时，在科罗拉多，见到"噗通"，我再次回到那种黑暗，想起死亡的沉默。"噗通"就像长大的"兔牙"，像另一个自己，沉默着告诉我她的故事，告诉我，这场自我杀声之旅，从不会结束。

于是我决定做一些记录。当然，聆听并记录以下的故事，既源于我一直尝试用笔与"噗通""交谈"，也因为她的丈夫、她的日记帮了很大的忙。

这其间有沉默、死亡、友情、暴力，还有荷尔蒙。对于花疆，这个生产本是其唯一逻辑的城市，总有些孩子们为之奋斗和记忆的例外。某些细节尚待考证，不过我为"噗通"感到惊叹：她虽然哑，但说出一切。

这阴影黑着，它便也黑着。

阳光越发透亮着，它还是黑着。

周遭的空气和人都明晃晃着，

只有它真实又执拗地黑着。

我相信黑犬是我身体的一部分。

它是唯一尾随着我，不离不弃的活物，

看上去是我最黑暗的部分，同时却是最灵动的。

## 我叫噗通，来自花疆

路遇另一个自己沉入记忆，一九九六年移民城中学一个非爱情事件

**许阔**

你觉得自己是一棵脱水的树。光合作用好像完全失效了。你浑身噗噗冒着最后的气泡，就快要被蒸腾干净了。

一九九六年的教室就是一只被持续加热的烤箱。这个叫做花疆的移民城正在致力于使高考重点上线人数突破二百人大关。正在迫使那个大型国企的许多工人下岗回家。正在建设一个据说会是亚洲第二大的水电站。正在举办香港即将回归祖国的征文比赛。

你回头瞄了一眼后面黑板上那个正襟危坐的倒计时——你为全班写的，还是漂亮的繁体字、颜体楷书。距离高考还有：贰佰天。

嗯，很好。就要坚持到最后了，一场可以审判大多数人命运的考试，在加速靠近。对于你，一个沉默世界的死亡，也将来临。你决定就在考试的那一天，你要开始说话。这是你和自己打的一个赌。三年不和任何一个人说话，直到考试开始，青春终结。至少直到现在，也没有人知道为什么。

你还有两百天就要做到了。你几乎可以感觉到胸腔里那个活蹦乱跳的小东西也在尖叫。尖叫，不停尖叫。现在全身上下都是寂静的，除了它。这至少是一个信号。你不说话，但你真实地活着。

你是对的。你为自己曾经做出这样的"噤声"决定而高兴。作为一棵沉默不语的低矮小树，在这片长久喧嚣的林子里，活着本身就需要勇气。你相信你并没有因为拒绝开口而错过任何。相反，你一直不言不语，才实现了更多，仔细看见并重新遇见每一个人。

这是一所不那么安静的学校，但是所幸还有一些安静不语的同类让你觉得并不孤独。那个聋哑清洁员阿姨是一个，沉默寡言的同桌是一个，除了伪装成不善言辞的男生女生们，其实还有一个。

铃声突然响起来，讲台上那个嘴边火车开得轰隆隆的历史老师终

于停下来。欧洲资产阶级革命的意义终于结束。新一轮国际共产主义运动和民族解放运动才刚刚开始。你第一个冲出去补水。走廊里顷刻充满了干渴的人们，有的喝水，有的交谈，有的一边喝水一边交谈。在你看来，那些默默喝水的，才有百分之零点五的可能成为你的同类。你飞快穿过走廊，照例看见了隔壁班那个女生。

那群唧唧喳喳的人群里唯一闷不吭声的她。

她并没有戴耳机，但你每次凝神看她的时候总觉得她沉浸在另一个声音的空间里，和周遭完全没有联系。她的神情是一面没有波纹的湖，偶尔有波动大概是因为她的那个空间里，一阵风跑过去了。

而现在你可能就是那阵风。因为你拿着水瓶经过她的时候，被后面凶猛挤过来的声音撞了个满怀。你微微颤抖了，她没有来得及闪躲也颤了一下。准确地说，是你被意外的声音波段惊吓了一跳，迅速波及无辜的她。她抬头看了你一眼，眉宇是寂静的，连转头瞬间带动的空气都是寂静的。

现在她的班似乎发生了什么大事。所有人闹哄哄地聚集在门口，也有别班的围观，诡异的是同时还密布低沉的耳语。似乎在什么惊天大事发生的同时，另一个令人们兴奋不已却心照不宣的秘密也同时发生了。窸窸窣窣的人群，像一团凌乱密织的蚂蚁。唯有她，好像洞晓一切一般，是蚁群挪移经过的青草，停在那，吐出一团静默的氧气。光合作用是一件早有契约的古老的事，继续无声地进行。

你听很多人说，她天生就是哑巴。也有人说她是因为小时候的车祸得了神秘的失语症，因为学校体检时她都会被人单独带进另一间屋子。甚至还会有人说，她被割掉了声带，要不就是向魔鬼出卖了舌头。反正就是关于她不具备说话能力的无限猜测。

不过，除了老师上课永远不提问她，她还真没有被区别对待过。同学三五聊天时，常常有人忘记她的沉默，还会在问旁人意见时若无其事地看向她。见她毫无反应后，才恍然大悟：啊，她是永远不会说出意见的。

因为，她不能说话。

可是，要知道，你和她一样，只是不说话而已，并没有聋。其实身边的一切声音，都尽收耳边。只不过，早已波澜不惊。

在你看来，人们还真是无聊，谣言传得漫无边际，自以为舌头就是一切，却没有人知道其实安静的世界有多少意外的甜蜜。你相信她有一个常人无法企及的世界。她是那个世界里的自由人。可以笑，可以歌唱。只是都不需要声音而已。她冷眼看着这个烤箱一样笨重加温的学校，蒸腾的热气和她千里之遥。

一直以来，无需说明，你都知道她是一只只会在水里噗通噗通的清澈的鱼，岸上所有叮叮咚咚，劈里啪啦，与她无关——在水里的她是被隔绝的——而你，希望成为像她一样的人。

她时常在水里出神地停住，是因为同一个平行空间里有了动静，如噗通的水声。比如你能敏锐地感觉到你和她有过零点零一秒的对视，而她并非完全无动于衷。你愿意就这样把她叫做："噗通"。

"噗通"或许一直都知道另一个班的你。同样静默无声，同样在声音王国里自由探索致力于当个透明人。这一切，都不必"说"出来。她没有办法和你"交流"，也许根本就不需要。然而，你还是很想知道，"噗通"是否知道你并非不具备说话能力，而只是不愿意说呢？

### 噗通

如此喧嚣的一天。

不过是因为班上新转来一个奇怪的同学。男生，挺拔得像电线杆，而且寒气逼人。他似乎不爱说话。至少新来的时候老师让他自我介绍，他没吭声，拿过粉笔写下了他的名字：林俊彦。

喔——果然是从台湾来的。老师宣布这一点的时候，班上沸腾了。这个年代，这无非是爆炸新闻——他的爷爷是大陆人，奶奶是台湾花莲人。他的祖籍随爷爷，算是这里的。老师点到即止，不再多说。

嘘——嘘——新同学是台湾同胞，请大家不要过度关心不该关心的事情，不该问的请不要问，这是纪律。大家像接到一个彼此心照不宣的圣旨，瞬间全都闭口。这正是时事课刚讲过那座小岛热腾腾闹分裂活动的时候。

虽说是移民城，我们习惯了身边的东北人、山西人、河南人、湖北人和福建人，但台湾人出现还真是头一遭。除了依稀记得小时候学生字时课本上的日月潭和阿里山，我和大多数唧唧喳喳的同学一样对台湾还是一无所知。

那里大概是危险的。我想，所以林俊彦是为了逃难才到这里来的吗？他的父母是生在台湾的人吗？到底发生了什么让他不爱说话？他怎么会在即将结束的高中最后时期转过来？接下来的两百天他会怎么度过？他大概不需要高考吧？难道只是避难然后会回到危险的岛上参加他们自己的考试？他会讲普通话吗？他能看懂简体字吗？他会不会听见这些聒噪的声音其实很厌倦，然后想念他的家乡呢？他为什么偏偏选择快要高考的节骨眼来呢？找死么……喔，对了，他应该根本不必参加大陆的高考。

或许，林俊彦就是一个逃难者，我猜。他没有父母，因为生命安全受到威胁，就被爷爷送回来老家。他很害怕，这里是他不曾见过的世界。也许他来了之后会发现，原来，这里更加危险。

我大概是疯了，会在心里默默思考这么多问题和假设。我回过神来，才看到林俊彦已经被安排坐在了我的前排。我想我应该只是对他的沉默好奇。

大家一直好奇等待他开口说出香港电影《校园敢死队》里林心如、林志颖那种软酥酥的台湾腔，等了几个星期却不见他开口说一句话。我终于确定了他不是不爱说话，而是也像我，还有隔壁班那个沉默班长一样——就是，不说话。

如果说林俊彦来的那天是学校炸开锅的开始，那么当锅已经被彻底炸烂，人们的好奇和新鲜几乎消耗殆尽时，我发现，还有一个人是与世隔绝的。

就是隔壁班那个不吭声的家伙，他好像依旧一无所知。

我知道他的名字，但还是喜欢把他默默叫做："同类项"。我为这个代数课上产生的灵感到窃喜。他确实是我的同类项，只是不会合并的那一种。

这是一种小心翼翼地默认。我讨厌和这里每一个聒噪的人对视。他们骂人、吐槽、搭讪、说谎，用发出声音干尽了一切坏事，当然，他们也会表白、赞美、讨论、谈心，能说话偶尔还是一件不那么糟糕的事。可是，和他们对视，总会提醒我，我是一个没有能力发声交流的人。但是他不一样，他是一个植物一样的男生，安静呼吸，安静造氧。

听说他是主动拒绝说话的，而且说到做到。虽然没有人知道原因。人们开始不理解他的坚持，可是后来也纷纷习惯了。他是班长，不会发号施令的班长，可是他写一手好字。每天在黑板上写下值日安排，还会用小篆抄写课程表，黑板报都是工笔画一般。上课"起立"是副班长负责叫，转达学校通知则是靠教室门口那块默默的通告栏。"同类项"创造了一种缄口不言的班长模式。

说心里话，快三年了。

第一年我是讨厌他的，觉得他是一个故意以不说话显摆的虚伪男生；第二年发现他是一个不说话，但是会做事的班长，可以勉强接受为同类项了，虽然，只是隔壁班的；现在呢，越来越觉得他是一个安静地疏离大家，但是又默默地参与一切公共生活的人。他常常会经过我们班教室去打水喝，我还能隐隐觉得他在有意无意地观察我。也许，他在想，那个哑巴同学会不会也是一样很享受寂静呢？也许吧。

我不是天生的哑巴。

据说，七岁时的车祸让我不再能说话。但这并没有让我觉得痛苦。比较令人痛苦的是，那时候的大人总是自作聪明，遮遮掩掩，还不如直接告诉我，这就是失语症好了！

好在我并没有失去听觉，才得以上正常的学校。然而，我是如此想念自己的声音。听妈妈提过我刚出生时哭声就异常明亮，小时候也会背很多唐诗。换牙时，嘴巴里一颗洞洞关不住风，尽管吐字不清，还会大义凛然地坚持大声说出：

鹅，鹅，鹅。

哦，哦，哦。

喔，喔，喔。

妈妈第一次也是最后一次提起这些时，是在医院里，对着医生。那时，她哭了。她不知道我看到也听到了一切。

她是一个普通工人。每天在工厂里研究钢铁是怎样炼成的以后，她回到家就给我讲故事，不停地对我说话。因为医生说，这样对我有好处。妈妈并不知道，其实在车祸前我已经开始用拼音、用文字记录我听到的每一句谎言。直到现在。已经有三个笔记本了。很奇怪，它们不是日记，但是比日记更锁得住秘密。

譬如，我是从垃圾堆里被捡回来的。

邻居姐姐说蚂蟥在水里不会死。

奶奶说骗人的孩子会被狼吃掉。

在屋里打伞会长不高。

这个生产钢铁的城市是我的家乡。结果我的学生证上明明不是这样写的。

爸爸说他会参加我的小学毕业典礼，但他被工厂的奇怪机器伤害后再也没有起来。

妈妈说，她会在星期天有时间带我去公园。写完作业练完书法就可以去。

他们说他们不会吵架。

妈妈说，她为了照顾我决定辞职，其实鬼都知道她和一群叔叔阿姨一样，下岗了。

家里的客人说，给我买的水彩笔值一百块呢。

老师说，好好学习，就一定能考好。

成绩好的，才能做好朋友。

大人们都说，大人不会撒谎。

靠近江边的小孩，一定会淹死。说不定还有水怪。

这个城市里的防空洞是用来关不听话的小孩的。

叔叔阿姨都说，我的病会好起来的。有一天我还可以说话。

——全都明晃晃的谎言，都是假的。


## 林俊彦

我从没有想到会是这样。

爸爸从美国被调到中国一个我从没听说过的城市援建中国的水电站——他居然是一个"外国专家"。要待两年。他和当年那个生我的女人已经分居，于是我也跟来了。本来被安置在外国专家聚居的"欧方营地"国际学校——可是，我实在不习惯那群飞扬跋扈的白色小孩！

我从没有想到会是这样。我问爸爸是否可以转学到中文学校时，他竟然同意了。我故意挑了一个高三的班，他竟然也同意了。我说我要一个人住校时，他依旧同意了。

我从没有想到会是这样。我刚刚转学到这个大陆的学校，便有女生自杀了。四层高的实验楼，居然有人有勇气选择跳下去，而非活下去。一摊诡异的流动的红里，脑花浮着绽放。自那以后，操场上的红旗也好像因为失血过多而变得荒凉。人们很惶恐。因为调查结果显示，自杀的那个学生得了自闭症。跳楼的时候，她已经有一个月不说话了。可是居然没有人察觉。

我与几个同样被学校鉴定为"非正常沉默寡言"（不管是不得已还是自愿，反正都不说话）的学生一同被安排在一起和训导主任、心理医生见面。我们成了潜在"患者"，至少是有可能因为自闭或者其他心理问题而缄口不言的人。在他们看来，我们是极度危险的。

尤其是我。

都是外来者，但我和大家太不一样了。他们好奇地希望一开始就检阅我的异质时，我让他们所有人失望了。我没有开口，所以他们根本听不到我的台湾腔"国语"或是闽南语；因为我不开口，所以根本没有在政治课或是历史课上获得发言机会，他们更加不可能知道我在这里的缘由、观感和一切秘密。

他们所预想的每一点特别，在我这里都不那么特别。

我并没有很潮。我甚至从不听林志颖、小虎队、范晓萱的歌。我背一样的书包，用一样的教材，我学着写简体字，虽然我的练习簿很多还是繁体字标题的。我承认我会在语文课本上看到一些我熟悉的和不熟悉的名字悲喜交加。但我不会在地理课上那幅不是"秋海棠"的中国地图面前表现出丝毫超过警戒线的惊讶和尴尬。

同学看向我的时候，我不会躲闪。我在心里把他们当成和我一样的人。确实都一样，都是会讨论正妹帅哥怪咖、偷笑、搞怪和打飞机的年轻人。

我虽然不和人交谈，但我发现这个班上还有一个可以用眼神"交谈"的人。转来的第三个星期，我才意识到她的存在。有人给我传过小纸条：嘿，哥们，你后座那个女生和你一样不说话。也许你们可以用你们的方式交流一下。

不知道是谁。不知道是真的好心还是不怀好意的调侃。都不重要。重要的是，我接受了。我开始偶尔回头看看这个被人怀疑是哑巴的女生在做什么。进入教室的时候，我会不自觉瞟向她的座位，发现她总是在很出神地发呆。好像很认真地在倾听周围的声音，又好像不是。直到，有一天，一个代课的老师不知道我这个新来的并不开口发言。他从名册上点了我的名，要我回答问题。

林俊彦。你说说中国社会主义初级阶段的最大矛盾是什么。

我愣住了。愣到竟然直接乖乖站了起来。有同学立刻说，老师，他是台湾同胞。也有人略起哄：老师，台胞不会说话的。老师刚要反应，我的后座递过来一张很大的作业本纸，上面一行小字"举起来给老师看"。然后是硕大的答案：人民日益增长的物质文化需要与落后的生产力之间的矛盾。

我鬼使神差地接过来，举起来。全班在一种诡异的氛围中鼓起掌来。老师笑了：看人家台湾同胞觉悟很高的。这时候，神秘后座又递过来一个纸条。

林俊彦。你可以回答他们，但是不代表你相信那些话是对的。现在的最大矛盾明明是说话的人与不说话的人处于不同世界之间的矛盾。

另外，不用谢。

我才没有要说谢谢！不知道为什么，我发现在我的愤怒就要发作的一刻，其实是欣喜的，这张有些故作正经又有些调皮的纸条让我有点喜欢这个哑巴姑娘了。

不一定要用说的，可以用写的。这样看来，我有理由更加喜欢简体字了，因为这可以让我以更快速度写完一句话。从此，老师和同学都发现其实我们两个"这类人"是可以交流的，也可以用笔写下来在纸上回答课堂问题。我们常常默默地为对方准备一些写好的答案纸，以备不时之需。当然，我们之间写的小纸条会远远多于和其他同学写的。

毕竟不是每一个人都有持续的耐心和你一直用写字交流。

然而，就是这种莫名其妙中建立起来的"无声抵抗"之革命情谊，让我发现这个地方有很多我所不知道的秘密。

比方说，现在我们几个聚在这间神秘办公室里的"沉默人"，一起盯着同样不说话的训导主任，那个坐下来依然很高的巨人，不知道所以然。这种安静诡异得吓人。空气里都是饶舌的秘密。好像有什么就快要喷薄而出。

巨人终于说话了：三班的女生跳楼自杀了，你们都知道。

外界传言很多，你们自己怎么看呢？学校担心你们几个有什么难言之隐，不愿意表达。六班班长许阔、七班周树兮、台湾同学林俊彦，你们有什么想说的，可以现在写下来告诉我，怎么样？自己写自己的，放心，看了后我不会公开念出来。但是请你们务必让我知道你不会有动机做傻事。

务必。动机。难言之隐。就好像因为我们沉默所以我们必须一定肯定自闭一样。我看见那个沉默班长的嘴唇微微动了，似乎有什么憋不住的声音要出来，但继而又吞了回去。而我的后座呢，依旧一脸如水寂静，她应该又开始出神了。

我第一个接过纸笔，写下还算流利的简体字：我是口吃，因为语言不通，国语讲不好，所以不想开口说话。我不是自闭，决不会跳楼。另外，我认为周树兮不可能是自闭。谢谢老师。

巨人笑得很难看。就和他主持升旗仪式时一样，油光光的五官很轻易拧巴成一朵花，又瞬间破碎开来。他居然洋洋自得地念了出来。

树兮微怔，似乎有些意外我帮她说话。唉，这让我多少感到有些失落。我们好歹是相依为命的战友啊——而且我真的很确定，她不是自闭。

那个叫许阔的，接着递给巨人他的保证书。我看到巨人的脸瞬间又拧巴起来，但这一次比哭还要难看——哎哟，又一个帮周树兮说话的么。看来姑娘很受欢迎啊。他有些阴阳怪气，这真令人生厌。

虽然不知道许阔写了什么内容，但看样子其实他和树兮也是认识的。这下好了，我们三人一个小班，至少可以共同战斗。

**许阔**

一段时间以来，你又恢复了那种斗志昂扬。

说是"一段"，其实不过三天。三天了。你和"噗通"、台湾男林俊彦，一起在这个诡异的特殊班级中共处了三天。

你不得不说，这学校真他妈有创意。为了莫须有的"自闭症"，他们设计了这样一种空前绝后的"隔离模式"新班级：将任何少言寡语的自闭症嫌疑分子，隔离于正常班级，圈定在一个由专门老师单独上课，教导主任巨人专任班主任的微型特殊班。

与每一所自命为"XX 实验学校"、"XX 外国语学校"的重点中学火箭班——那种以把最优学生送入清华北大为唯一己任的尖子特殊班相比，唯一的差别是：你们不是以成绩为标准选出来的。

在这里，你们设法找到与沉默共存的方法。

你们有空旷的教室，有电视（虽然并不能被打开），你们有别班没有的空调，你们有正常课程之外数不清的心理辅导课，你们有大量的自习，你们有专属的医生，你们甚至可以像囚犯定期放风一样申请出校门自由活动。当然，在这所军事化封闭管理的学校，你们要出去也必须结伴而行，限时而归。

有趣的是，得益于被"特殊照顾"，你们才有机会在高三其他班级紧锣密鼓补课时，获准出去漫游花疆。你和树兮毕竟要尽地主之谊，带领同胞俊彦跑去参观那片号称"象牙微雕钢城"的厂矿区。这位天真的台湾同胞还真的是头一回看见真正的高炉。

一切的起因，是俊彦对于语文课上老师提及的名著《钢铁是怎样炼成的》耿耿于怀。他从没有听说过的一本书，竟然在校园里发现有一排硕大的钢筋雕塑是为其而建。于是，你们决定带他去真正的现场看看。

咕咚咕咚的声音仿佛吸走了空气里全部的热量，铆着劲儿翻滚。虽然看不见那些开红花的钢水，你们还是能闻见钢铁被煮熟的味道。那些脏兮兮黑糊糊的高炉工人，转动脸上全身上下唯一可被识别、明显亮晶晶的两只活物，冲你们大喊：

哪来的学生娃儿，不晓得危险嗦，一会儿把你们都绞进去。赶紧走！

他们所指的正是高炉车间旁边的烧结车间专用的那些皮带机——偶尔变成把工人绞进去的人肉机。你看见，那一个瞬间，噗通的脸色烧了起来。好像很紧张，又像极度恐惧的呆滞。

你没有办法问她。只是拍拍她的肩。这样的高炉、车间、厂房、工人，还有很多。这边成片成片的灰蒙蒙、脏兮兮、黑糊糊的区域，就是最早的花疆。这座专门为生产而建的城市，重工业一度绑架了全国各省援建移民的命运。你记得自己上了初中，才算有点明白，所谓的三线建设不是三条路线的建设，而是指西南大后方的第三线——准确来说，就是边缘外的边缘。百万人被搁在川滇交界的大裂谷里，搞了这么一个为机械而生的城。

你们三个沉默之子，几乎没有对白。但不知为什么，你分明觉得你们一直在交流。

噗通捡起一朵谢掉的攀枝花，放在嘴边——俊彦很快反应过来，噗通用嘴形拼出"木棉"两个字，就知道她是在说花疆人可以用这种花做菜。

你们远远路过金沙江边。你听见俊彦打了一个响指，然后拉你们转身去追公交车，就猜到他或许是要带你们去他待的地方。你有听说啊，俊彦的爸爸就在二滩电站的欧方营地。援建的外国专家和家属都聚集在那里。你念初中时，那个外国语学校就常常组织学生们前往营地，和老外们联谊练习英文。

那是金沙江与雅砻江交界的地方，绝不输过黄河的"泾渭分明"——一半上游从厂区流出的昏黄灰黑，一半至少还是植物一般健康的绿，残忍地交融。这江，让你好一阵疼痛。就跟眼睁睁看着你亲手养的小狗在江中央淹死，你辛苦洗出的白色被单被暴徒泼上脏水和粪便一样的疼痛。你清楚地记得，就在十一岁第一次去电站参观看见两江汇合处的庄严时刻，你发掘了自己生理与精神的双重洁癖。

俊彦的父亲并不在。欧方营地死一般沉寂。你们三人潜进别墅区背后的小树林。老苏铁、夹竹桃、三角梅、洋紫荆、凤凰树，像成片成片的美女聚在一起，令你激动不已。你盯着俊彦一路小跑，哧溜就滚上一棵树。注意，是滚——因为，你压根没看见他用脚。而且是一棵没有被刷防虫白漆的凤凰树——你几乎打了个嗝——好像看见那些满枝丫恶心的"吊死鬼"瞬间在你眼前跳起范晓萱的《健康歌》。

俊彦在上面吹起口哨，顺便大呼小叫。终于释放一样，不必做憋屈的哑巴。但你很明白，他多少还是有些顾虑和羞怯——软绵绵的台湾腔多半会被你鄙视。所以，还是不要直接说的好。噗通则摇身一变，成了女战士。她也选了一棵树，坐在枝丫上，跷起二郎腿，回头冲你们乐。你有些尴尬。你基本是不会爬树的。不是没能力和不敢的"不会"，而是决不要去！

你眼前只要闪过那个小时候的画面：在树上一屁股坐在一堆"吊死鬼"上，那些虫子的绿莹莹、白花花的脑浆、肠子、粪便、体液和某种不明固液混合物一股脑全被挤出来。你迅速移开，看它们暴尸阳光下，还泛着得意洋洋的金光，就忍不住想呕吐。你再也不穿白裤子，再也不主动抓"吊死鬼"，也再不上树。

这一刻，稍有不同。作为唯一的大陆男生代表、英勇无畏的"三好学生"优质青年，怎么能在海峡对岸的同胞和弱不禁风的噗通面前退缩呢。

几乎吸收了来自叫做"主席"的大人物给钢城的那句题词"勇攀高峰"数十年来全部的精神力量，以及之前在炼铁厂高炉大叔们的职业英雄主义，你终于果断决定——上树。

你们就这样无声无息坐在各自的树上。一个下午没有杂质地流走。这场景后来还发生过多次，但不知为何，在欧方营地树林的第一次你记得尤其清楚。

你们的特殊小集体，诡异的"沉默班"似乎是在这一刻才真正融为一体。你选择性记忆着仪式般的一刻，直接过滤掉那些学校里的谣言、同情、猜疑、歧视和对你们小集体暗流涌动的矛盾情绪。你们三人帮一直知道的，那些并不沉默的男生女生们，假同情与真羡慕缱绻而行。

他们拼命说话以时刻警惕自己有朝一日也被鉴定为你们中的一员，又佯装关心地经过沉默班教室偷窥你们在做什么。你不得不承认，自己有些暗喜。

那个听卡带、打电动，流行变形金刚、美少女战士、名侦探柯南、封神榜和白娘子传奇的时代，你们相聚在移民小城，逃掉高考前最紧张的复习和测试，在树上痞子一样打发时间。你们结成某种不言而喻的同盟。即便被打入地牢般区隔起来，甚至作为学校交给教育局"心理教育"的某种革命性成果被献祭，你们也无所谓——都是演戏嘛，不同的是，你们享受这出默剧的全部悲喜。

你依然是班长。不过，变成了三个人的班长。噗通，还是一切都置身事外的状态，除了一件事。她在黑板上划了一条"三八线"，还大胆留言给老师：各位老师，希望你们用四分之三的黑板讲授给三位学生的内容。右边剩下的一块黑板请留给我们做病症交流板。谢谢！

老师们真心变得和蔼又可亲了。他们极其尊重你们的"地盘"，无人越雷池半步，唯恐触犯你们就会导致下一起自杀事件。

于是，你们展开了一场别开生面的"大字报"战斗。首先是你，奋笔疾书你帅气的大字：我们是自闭反革命、我们是囚犯。然后是林俊彦，既有粉笔繁体手书，又有直接贴上的字条：老师，请问自闭可不可以不考试？最后，噗通也上场了。你完全没有想到她在黑板上抄下来一大段的，是老师们最反感的流行歌词。据说是孟庭苇很火的专辑《心言手语》：

我能听见你的忧郁　却难告诉你

当我开口声音就会消失空气里

而心慢慢　心慢慢　冰在彼此沉默里

你的眼眶红透了委屈

他们教我用手说出　所有的情绪

我的双手举在空中却不能言语

而窗外是　窗外是

淡淡三月的天气

你的悲伤却留在冬季……

实在不是噗通的风格！不过，当你发现林俊彦笑得蹲了下去，才发现歌词的最后画了一张大脸猫一般的巨人的脸，闪着满满的泪花。一个漫画里才有的对话框中，是巨人的台词：好的，特殊班的同学们，你们被特许用手语考试！

事情当然不会完全照你们预期发展。很快，巨人又迈着伟人步来开紧急班会。原因是众老师反应，特殊班的学生最近不仅大量借故逃课，还有心理问题加重迹象——防治自闭，责任重于泰山！

## 噗通

直到现在，我依旧能清楚地想起高中时那个前所未有的"三人帮"。

我们最大的壮举，不只是游手好闲、爬上树丫，眺望这个完全被"计划"生育出来的城市灰突突干瘪瘪的景观；不只是在课堂掀起特殊班的"寂静革命"——反正我们自闭，有权利和义务鸦雀无声，使每一个老师因为台下毫无回应而尴尬、愤怒又不能发火是我们的光荣使命；不只是巨人旗下讲话时，故意从后台弄出噪音的血雨腥风——尽管，巨人死也抓不着是我们，因为我们三个不会发声啊。

而是在我们自己的黑板、高三每一个教室的黑板报、学校布告栏，乃至操场边一面人人必经过的墙壁，全面发展我们伟大的涂鸦革命事业。

许阔本来就擅长书法，更擅长模仿任何人的字体而掩盖自己的笔迹。俊彦呢，繁体字很容易露馅，不过他可以用英文和摩斯电码。至于我，从小练习书法我就油盐不进，但是画画绝对没有问题。所以，我们用天衣无缝的技术合作游击战践行了血的誓言。

从一开始只是反对建立"特殊班"，到抗议食堂涨价；从协助高一高二早恋男女们表白献爱，到声援高三学生要求看露天电影而不是科教宣传片，我们从未被巨人抓到。

是的，他在我们一开始初步建设阶段就有所察觉，也谈过话，甚至增加过心理医生的单独辅导。然而，他的软肋从来没有变过——永远在害怕自闭嫌疑犯捅出下一起自杀事件。上一次血的教训，让他们曝光在所有媒体上，登上各大头条，闻名全省。当然，那个时候学生自杀远没有如今风靡全国，互联网也尚未赢取全部霸权，人民茶余饭后的谈资除了工厂的死伤事故，就是重点学校的"战况"了。

疯狂的小城，还没有太多的名牌大学生。这一点，令建设者们痛心而焦虑。我们学校光荣的使命就是在保证我们这些自闭余孽们毕业前不再搞出乱子的同时，把一两个学生送进清华北大，让进入重点大学的数字更加好看，让天南地北的移民工人在此更安心地劳动、生产，奉献青春。

俊彦大概还不能完全理解这一切吧。就像我们筹备迎接香港次年回归的时候，他总是在不同场合充当炮灰：

林俊彦，你们那里啥时候回归呢？

俊彦，你希望你们回归祖国的，对吧？

俊彦，祖国母亲欢迎你们！

人们往往得意忘形，忘记他根本不讲话——至少，是公开名义上的"哑巴"。

我们一直有个理想。如果有一天，有机会离开花疆（当然，俊彦同学是必须一定会离开），我们愿意付出一切，去漫游世界。我们那时定义的"漫游"还仅限于夏令营式的旅游参观，但这也足够吸引九十年代中期刚刚认识世界的中国西南小城少年。

那时候，我当然不会知道我居然真的在多年后遇见这样一支全球公益旅行的队伍，其中还有我的老乡。她告诉我，我们毕业于同一所高中，并且在她的毕业年代，那所学校已经昂首挺胸站起来——终于出了高考省状元，她自嘲地笑。我无比羞耻地发现，已经在美国念过博士的我，竟然还会不自觉替那个把我圈养在特殊班级过的母校暗暗高兴。这纯真又恶俗的感情，和看见"神五"、"神六"飞船升天，奥运金牌榜大丰收，台湾人捐巨款援四川地震，父辈们含泪歌唱《南泥湾》时的所有情绪如出一辙。

就像一个永远无法摆脱的魔咒——你雀跃的成长，自认为对抗时间与洗脑，摆脱禁锢获得自由的同时，也无比悲哀地看到，那个自由的未来依然会变成下一个被捆绑的过去。当我再次想起一直管我叫"噗通"（每张交流纸条的开头一定是这个代号）的许阔，总是难以抑制地想到那场事故。

事故首先开始于学校附近的一家黄磷工厂，不是工业革命时代的伦敦，也不是如今的雾霾北京。花疆的某个早晨会让人错以为穿越了。低空积压密不透风的雾气，白茫茫一片夹带酸腐的异味。据说工厂的泥磷池坍塌，密封水流失，泥磷在空气中自燃，大量烟尘裹挟而来。显然，"据说"的都是后话。

当时，人们对这些一无所知。我们像每一个高三班级一样，正在"沉默班"里晨读。六点半顶着雾气冲进教室的我们刚开始没有发现异样。似乎只是雾气比平时大了些，晨露的味道古怪了些。其他一成不变。

然而，到第一堂课起，听说某某邻近的工厂有工人经抢救无效而死，某某班已经学生呼入过多有毒空气而晕厥，送往医院。学校开始恐慌。谣言四处流窜。

某个化学工厂爆炸了。有毒气体泄露了。

周边小县城有人吓死了。口罩抢购空了。出城公路堵塞了。

更重要的是，很多人死了。

这一切，却只是个引子。

就像任何一起事故、灾难，比如多年后的"非典"一样，这些烟尘就算持续存在也终将会迅速消散。人总是会快速遗忘和选择性记忆的。快到没有人会再清楚记得自己曾经因为躲避死亡而戴口罩几日，快到你再也想不起究竟有多少人因此死去——那不过是一个僵硬的数据。因为记忆、新闻、流言都一样不可靠。

幸运的是，还发生了另一件事，和事故构成共同回忆。

烟尘弥漫的几天后，已经没有很多学生戴口罩或捂湿毛巾上课了。学校正焦虑地陷于另一件"大事"——全校当晚将邀请交响乐团入校表演，为学生们排忧减压、鼓舞士气。一场大仗之前的精神秘籍式动员，尤其是为了高考前的高三学生。

变故发生在中午。

一个幽灵一样的谣言在学校上空盘旋。不知从谁开始，也不知何时开始，高三学生们开始窃窃私语：校园黑板报、大字报的主创之一——特殊班的周树兮同学，通过巨人，提交匿名信给校长室，以此抗拒让高三学生看交响音乐会。因为，太浪费复习的时间了。

不管我的失语症是否人尽皆知，不管我对学习的态度决不至于有这样"变态"的政治正确，不管我怎样，谣言锁定的事实，就是：我，用笔，阻碍全年级同学从万恶的晚自习逃离，以至于不能享受高中阶段最后的福利——音乐。

许阔，俊彦知道以后都很淡定。他们一致认为，只要晚上大家如约看了音乐会，谣言不攻自破。人们就像忘掉烟尘尚存周遭一样，忘掉这件无聊的小事。

　　可惜，下午快放学时，学校突然通知全校，因为考虑安全问题，避免聚众场合人口密度过大，烟尘天气疏散的风险，他们决定只让低年级同学观看，而高三如常自习——一切就像约好了一样，罪恶的周树兮同学歪打正着地"梦想成真"了。

　　一切，变得比黄磷爆炸更加疯狂。

　　我难于再次记忆少年时代最深切的困扰和麻木。因为无论从哪个角度来说，对于现在，那都不足一提。我更愿意跳过那些不堪的片段：被人指指点点、围攻、辱骂，和扣在座位上的残汤垃圾；墙上公告栏黑板报每一处我创意留下的涂鸦都被抹去，画上大叉或者直接盖上大字报"谴责书"：打小报告的基数拉稀（鸡，树兮）；这些都没什么。重要的是，曾经同班不同班的同学、朋友这一刻都像释放一般，感叹着，终于才发现：原来，她不讲话，城府最深啊。

　　一些好心的男生女生跑来找我"求证"。不过内容不是"真的吗？"，而是"你为什么要去告状抗议啊？"我不知道在晚自习前，自己是怎样拖着脚步走回教室的。我几乎有些相信，说不定真的是我告的，只不过我自己忘记了。我甚至羞于见到整个晚饭时间都没有出现的许阔和俊彦。我是多么怕他们也来问我，噗通，这是真的吗？


　　你知道，在我看到这支漫游世界的队伍义演时，我不止一次地想到，在花疆的某三棵树上曾经的秘密会议。因为，义演中有一首歌，就叫做 Silence。

　　我看见演出队伍里，两张华人面孔——我的老乡和一个貌似 ABC 的男生，后者可是像极了当年的俊彦。我在观众席紧紧抓住丈夫的手。我相信，他也感受到了。

　　当看到台上的义工们，一齐开口发声的时候，我有些恶作剧般地想象：这其中会不会有人其实并没有真的在唱，而只是对口形啊？可能本身五音不全，也可能是充数的哑巴，或许可能根本就带着隐形的口罩，无法发声啊。

我正臆想着，就看到其中一位领唱戴上一只道具口罩。上面画着艳唇，被打着大叉——那是他们的演出创意，他们尝试代表残疾人、自闭儿、原住民、少数族裔、非法移民、独居老人，以及更多被压制的与失语的弱势群体，用音乐发言。

像每一个公益活动那样，他们呐喊：请让我们发声。

我扑哧一下笑出来，脸上还挂着亮闪闪的液体。科罗拉多的秋天，微微发冷，我却觉得重新回到了某个凤凰树开屏的夏天。记忆也亮闪闪的。

"噗通"一声，林式繁体字的纸条、开花的高炉、洁癖与吊死鬼、满墙的涂鸦、江边、水库、树上的秘密、攻破烟尘的口罩，顷刻全都回来了。一种十余年前就开始酝酿的沉默，仿佛正在尖叫。我感到身体止不住颤抖。身边的那只肩膀靠过来，就像花疆宽厚的大黑山携着默契的阳光、雾气跟攀枝花三角梅的团团香气，整个支撑在我的侧身。那么柔软、潮湿，还有温度。


## 林俊彦

巨人总是喜欢找我谈话。这一次，他神秘地说：俊彦同学，我知道你根本不是口吃。你爸爸终于不缺席家长会了。说吧，干嘛一直装哑，装傻，还装自闭。

我脱口而出：说吧，干嘛诬陷周树兮。明明是你们自己没有诚信，欺骗同学。靠腰！什么破音乐会，搞得我们很想看一样。就不能搞你妈的正常点……干！

我愣住了。好久没有骂过这样的话。不对，是好久没有这样开口讲过话。

巨人也愣住了。

我后来知道，他其实本意并非揭穿我，只是试探和邀约我爸爸帮他私人的忙而已。我没有继续和他纠缠。而是直接去找了许阔商量对策。我迫不及待地对他开口说话了——好像这个禁忌，已经不再称之为禁忌。因为如此迫切的事故，我怎可袖手旁观！

令我稍感意外的是，许阔也开口了。他居然也不是真的哑巴，他说他拒绝说话三年，只是很本能的抵抗——赌气般的年少轻狂，一旦开始就不想放弃，就像要在高考宣判的刹那完成自己的成人礼。更超乎我意料的是，他闭嘴的原因，不过是初中毕业那年，目睹了母亲出轨，耻于说破，更懒得开口去选择要跟父母中的谁；而在这所装满为国家生产的移民后代的高中，目睹他所尊敬的老师也如生产钢铁一般制造出"生产至上"的逻辑，更加使他享受拒绝开口的快感，如同"报复社会和学校"一样——索性沉默到底。

然而，这是个什么诡异日子，两个哑巴同一天开口了。

我们火速决定，一个负责了断误会，另一个负责发起抗议。于是，下午下课后，我们甚至谁也没像往常一样，给树兮留条告别，或者一同吃晚饭，就匆忙冲出去了。

我们对一切心知肚明。这个烤炉一样的学校，本质是暴力，和每一所以高考为终点的教育工厂并无差别，甚至和花疆一样的、每一座以生产为信仰的城市别无二致。

虽然台湾也有联考，也有魔鬼教官们每天大呼小叫，这边的压抑还是令我叹为观止。被规定好的一切，让看正妹和打飞机的年纪为现实的国家和世代的重负所累——要命的是，怎么连无辜的失语者也不放过！

想起就来气。这股气，令我以飞一般的速度找到原来班级的同学，澄清我所能澄清的一切。重点是，我需要他们帮助我参与一轮空前绝后的动员。

人们看到这个沉默快一学期的台湾人突然开始飘出软绵绵的语调——这本身就令他们心软吧。他们甚至原谅了我装口吃装哑，就立刻在插科打诨打听台湾除了日月潭阿里山之外的种种同时，答应参与接下来的一切。

我从来没有像信任许阔一样信任任何人。你知道的，就在我俩做了沉默的兄弟这么久以后，发现彼此"骗"了对方，发现彼此为了同一个女生开口时，一切就不言自明了。

许阔，喜欢他的噗通，就像我暗恋我的朋友树兮一样。这个超厉害的女生！她不必说一个字，我们甘愿俯首。低头低到张爱玲说的那个什么尘土里去，低到三毛小姐为荷西住进沙漠里那样的深沉和谦卑里去。

于是，我信任的许阔，在同时速战速决——搞定高三年级的班长们，解释一切并说服他们一齐去准备材料。我甚至可以想象，已有多年用沉默征服和统治人们的许班长，突然开始发声——这应该多么振奋人心，也该令人多么义愤填膺——妈的，他玩弄我们的感情。据说，他用尽一切想得到和想不到的手段。被扁、下跪、挠痒、欠下请吃饭的人情、被调戏、蛙跳和蹲马步——终于，十个班级中九个，不，也包括我们"沉默班"，全部班级都通过了他的提案。

尽管，我也知道，与此同时，那些尚未来得及听到澄清，也没有见到我和许阔的人们，正在用五光十色的诡异方式折磨树兮。某种微型民粹席卷的校园，在一九九六年，令一群还未参加高考的毛头孩子们终生难忘。但我知道，接下来的一切，我必须让它发生。就像当年我爸和我爸的爸必须学习三民主义，立志"光复大陆"一样。我矢志不移地坚信，我和许阔为了爱情，必须革命。

交响音乐会就要开始。

当全校同学列队矗立操场，迎接乐团演奏家们进入学校，再进入礼堂。你懂的，即便高三年级的炮灰们不能观看，我们也要当当演员。假装我们是全校热情洋溢、健康向上的好学生们，也是表现忠心友情和理解上层领导们为学校安排这次演出良苦用心的好观众们。我们是忠诚的卫士。

我们更是诚实的战士。

我看到迟来的树兮，有些尴尬地朝这边走来——是的，我们算好了时间。她一定在教室哭过，她也一定在收拾干净被泼洒的垃圾后犹豫过，但她一定还会出现。不是为了加入某支伪善忠君的队伍，而是，她需要表明：她沉默，但她并不软弱。

我们太了解她了。

那个见过父亲及身边叔叔阿姨们因公致残、绞进机器的孩子，那个因车祸失语的患者，那个从小习惯了用笔记录谎言的小侠女。她一步一步地走过来。早已在队伍后预备的我，开始游动，提醒每一位哨兵。在广播室等候许久的许阔，在窗口挥了挥手。

靠腰！那一挥，帅呆了。大陆新闻里那种"同志们好、首长好"哪里赶得上他这一挥。只听见，高音喇叭里传出一阵浓烈的噪音——警车的呼啸夹杂火车钻洞的傲慢节奏。

全场雷动。每一个人，是的，每一个站在最前方的高三的学生，拿出一只口罩，戴上。那些备用黄磷厂泄漏事故的口罩，那些用于应对人们几乎快要忘记尚在弥漫的烟尘的口罩，被一场孩子发动的革命愉快地征用了。口罩上，有的画着一只红唇，有的画着拧巴成花的巨人的鼻头，有的画着眼睛，无一例外都被打上硕大的红叉——那正是师长们、成人们和某种唯一的逻辑禁闭我们的方式。

与此同时，广播里想起了国际歌的音乐。许阔同志也以他新鲜、性感又高昂的声音宣布：对于校领导在交响音乐会事件上出尔反尔、落井下石、造谣生事的行为，全体高三同学表示严正抗议！并敦促校方做出解释，以实际行动向我们道歉。我们也在此对周树兮同学表示歉意。你所绘制的五官，现在正在我们的口罩上替你说话。黄磷风尘尚未散去，压制年青一代的风暴又已袭来。已经是开放的九十年代了，为何一切仍在继续？

请不要以为我们不开口，就等于我们不愤怒！

我想正走来的树兮一定看到了，也听到了。更重要的是，她一定被吓到了。这种阵势，是前所未有。许阔的声音一结束，全场掌声、笑声、哭声交错，尖叫声、跺脚声、口哨声、欢呼声、咆哮声，此起彼伏。

队伍乱了。一切都乱套了。

前方的领导们，已经奔进学生中间。想阻拦，却已束手无策。高一高二的学生虽没口罩，也已经加入抗议的队伍。我偷偷瞄见巨人同志早已大汗淋漓。他显然不可能想到，下午我踹门而出后，会搞出这么屌爆了的礼物送还给他。他拧巴着，拧巴着那张花一样的脸。此刻，最后的花季闪烁，就要一去不复返了。

一片混乱中，我找到了已经哭得脏兮兮的树兮。远远看见许阔也已经冲过来。我知道，树兮该是多么意外——两个明明具备开口能力的坏家伙，居心叵测和她在特殊班里待那么久。尤其其中一个已经以哑骗人三年之久。

接下来的，我不想再一遍遍重复了。就像在许班长和我深爱的树兮的婚礼上，我喝多时重复了第十遍的那句话一样。我和许阔彼此承认，曾经藏在心里跟自己的那个赌——正式开口的第一句话，应该是对终结某场暗恋的三个字。然而，因为某场风尘，继而某场我们都意想不到的风暴，我们食言了。

不管故事的后来，我离开了，许阔复读了，还是树兮转学了。

我们最终都念了大学。最终相聚在美国，并都又一次成为移民，也最终再次倚靠彼此。

对了，我还想补充一句，或许树兮已经忘记的细节。那个我们用口罩展示抗议的傍晚，正当大家沉浸于喧嚣的高潮时，一阵寂静穿透了我们。那寂静，其实并不那么寂静。那是当时已经进去礼堂等候的交响乐团奏起的音乐，以出其不意的方式为战场中的高三孩子们减压。

我不得不说，贝多芬的《命运交响曲》可真沉默啊。

就像一个永远无法摆脱的魔咒，你雀跃的成长，
摆脱禁锢获得自由的同时，也无比悲哀地看到，
那个自由的未来依然会变成下一个被捆绑的过去。

童年有时躺在地上。

音乐本身可以变得谦卑。

我不得不说，贝多芬的《命运交响曲》可真沉默啊。

"大家"，还真是一个极具诱惑力的词。
我想象那里面装了好多人，
就像无数条我的黑狗。

我也时常这样幽怨地盯着大人的世界。
那些我彼时无法理解的事，其实早已萌芽。
多年后我才明白，
它和一个小孩心灵底部某种残忍暗自相通。
死气沉沉的一天，往往只有它提示我，
我身上还有一部分尚未开放的神秘。

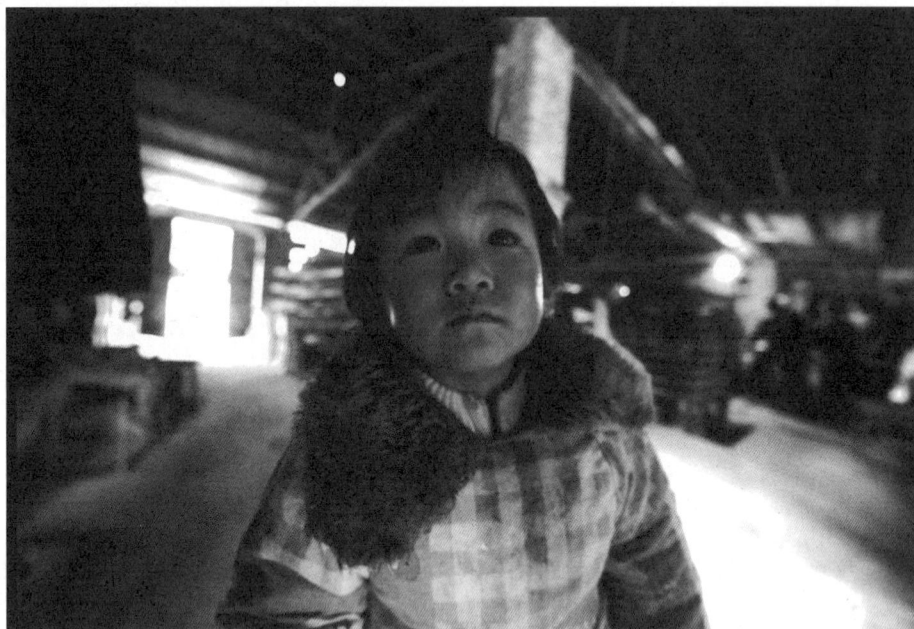

摄 / 九七（中国内地）

你相信她有一个常人无法企及的世界。

她是那个世界里的自由人。

可以笑，可以歌唱，只是都不需要声音而已。

摄 / Annicka Lundin（瑞典）

这种安静诡异得吓人。
空气里都是饶舌的秘密。
好像有什么就快要喷薄而出。
沉默和空气，
其实有时是另一个我们所不知道的世界。

摄/王政显（台湾）

一旦我有了说话的自由，
我的舌头就失去力量。
我的诗为了打破隔绝人们声音的高墙，
而变成钻子和锤子。
但是我将被迫沉默。
脖子上那条花纹领带随时可能被勒成眼镜蛇。
我怎能谈论咖啡和花朵？
——《因为我将沉默》哈金

后记

**沉默者，以各种形式存在**

这是一门在路上形成的不靠谱非专业的微观沉默学。

在七种沉默者故事之外，辑录剩下的这些人、地方、时间和声音的碎片——让沉默本身，在这里大声开口。


北京：沉默的歌颂者

北京南郊新发地一间不足五平方米的出租房里，因为要招待作为来客的我，韩祖荣和他的妻子王晓桦破例打了牙祭——煮了饺子汤，还有三个白胖的馒头。

他们并不健谈。丈夫手忙脚乱修补漏雨的屋檐，妻子低头翻找记录流产那场噩梦的日记。在抬脚甚为困难的小屋里，除了门口炉火扑腾扑腾的响声，一切悄无声息。在一张浸了油渍的报纸角落，我看到韩祖荣为未来儿子取过的名字：韩洪声。沉默而贫困的他，最为渴求的，是洪亮的声音。

老实说，他其实是位发声者，舌尖梦想家。

横贯一九九〇年代的中国民工潮中渺小的一位，韩祖荣，自少年时代就深知城市意味着更明亮的未来。他初中毕业后，当兵两年，便开始漫漫的城市之旅。十年间，他在广州卖盒饭，在北京做洗碗工、装卸工，卖豆浆，后来是方便面公司的临时工。

像庞大城市里每一个追梦者一样，韩祖荣意识到要想摆脱贫困，必须最大程度发挥自己的天赋。对他而言，那个从家乡麦田地就开始被开掘的天赋便是，歌唱。

在涌入城市的民工数超过一亿、并不断刷新失业率的时候，他做过农民工这个沉默群体大多数人不敢想的疯狂的事。他到唱片公司等韩红，给田震写信，报名参加电视海选，甚至花去两千七百元录制自己的歌曲小样。二〇〇八年，他终于登上山寨"春晚"的舞台，也成为闻名南郊这一带的民工歌星。即便这一切并没有改善夫妻俩的生活，韩祖荣并不后悔，只是也悄悄做了决定：如果一定要选的话，在家庭和唱歌之间，他必须选择前者，放弃梦想。

不懂乐谱的他，自己写了二十多首歌。就在他家里，他甚至当场唱起了其中几首。听上去，旋律相近，音符简单，歌词主题多是爱祖国、爱父母、爱情人。

但他乐在其中，送给妻子的一首，叫做《我会爱你好多年》。

二○○九年十二月二十七日结婚五周年纪念日这天，韩祖荣人生第一次带王晓桦下馆子，花去三分之一的积蓄（三十元），再到做促销的照相馆拍了十元一次性的结婚纪念照。

当我采访他们写成的故事在报上登出来后，我说会把这期报纸连同帮他们翻拍的结婚照寄过去。韩祖荣却等不及，骑车加走路折腾了两小时，直接奔到报社楼下，为了取一份报纸回去"给老婆当礼物"。我相信在给予他诸多写歌灵感破旧的平房后院，他还是会时常吊嗓，在生存之外，为他的小家高歌一曲。

在纵然发出声音也未必改变命运的时代，他至少是个满足的歌颂者。


<u>图桑：移民有话说</u>
"你可能觉得，一棵十余米高的巨型仙人掌，就那样懒洋洋地立在亚利桑那州的荒地里，疲惫不堪，毫不起眼。但如果你损坏、盗窃或者出卖它，特别是只要使它位移了的话，那么，你将在监狱里度过你忏悔的小假日。"在我所寄住的接待家庭里，年过七旬的卡尔爷爷告诉我这么说并非开玩笑。

再三个月之前，一个简称为"SB1070"的法案禁止非法移民进入亚利桑那州，允许警员盘查可疑的人，警员有权逮捕非法劳工，引发了大规模的抵制活动。这个法案迫使人们担心这将导致警员侵犯基本民权，更可能因为某一个人长有拉美裔的面孔（这个州的非法移民多来自墨西哥）就面临被歧视的命运。人们甚至开始担心美国会倒退回种族歧视年代。

旅途中，我寄宿在当地这个基督教家庭里，除了慈善演出的排练，所参与的义工服务之一就是帮助当地要上街游行抵制这部移民法的人们准备材料，参与讨论。

我们穿过路边二十米高的巨型仙人掌，去学校、福利院、社区基金会、NGO和保险公司，面访所有为民权与尊严受到侵犯而愤怒的人们，听到他们的心声；我跟随寄宿家庭的老爷爷来到 Tucson 教会，聆听到人们共同为人民应有的迁徙自由、移民自由、人格被珍视及免于恐惧的自由而祷告；丹麦人、孟加拉人、墨西哥人、美国人、日本人、中国人，我们席地而坐，在路上开起了关于这个法案的"小联合国"临时论坛；大家在行动前表决自己对于移民法的真实态度，一个和我在同一组工作的墨西哥男生站起来，义正词严地宣告：虽然是墨西哥人，这个法案和我没有直接关系。但是，我不得不说，这严重伤害到我的感情。事实上，请看我的脸，我很为我这张面孔骄傲。

这是多么温暖的反抗：请看我的脸，我为我的尊严骄傲，所以请不要伤害同样的面孔。

这是多么可怕的局面：警员依据你的面孔，可以毫无缘由地上前盘查你的证件，并可以因为你的无法出示而羁押你、遣送你……一切，是因为你的非法"位移"。

从这个意义来说，这与某些地方和国度以地域卷标限制划分人群所属的身份，并无二致。这与一个曾经通过青年死去方才取消一个不合理遣送制度的社会，多么异曲同工。

直到我在图桑市的慈善演出现场见到两个非洲裔女孩。她们特意来到人多的地方，义卖自己亲手创作的手工艺品以及诗歌集，以筹得资金帮助慈善学校里更多的移民孩子，也是以此代表童年发出反对之声。

直到我听见一个拉美裔妈妈安慰害怕被警员抓走的年幼儿子：亲爱的，别担心，我们正合法地"位移"呢。如果说，只能用迁徙借来幸福，那么就在此地，用诗歌交换自由。

如果说，只能有一个不可免于恐惧的童年，那么，成长就在此处停留，看看这是世界的伤口。

直到我在阳光下躁动的亚利桑那，和人们举牌站立。一个华裔老人蹒跚而来，倔强地抖开一块布。依稀可见上面一排坚定的汉字：每个人都是移民。

嘿，他说得没错，除了美洲土著外，我们确实都植根于移民家庭。

这时我旁边另一个亚裔脱口而出。

如果说像他这样的亚裔美国人，还会清楚记得一八八二年，美国颁布历史上种族歧视最严厉的排华法令，亦是美国第一个单纯按种族禁止入境的法律，那么，他一定不会忘记亚裔被禁止进美国的历史直到一九六五年才终结。这些人，放弃沉默，选择发声，因为一种"位移"不能合法的话，有一天便可能是一切流动均被禁止。因为每个人都是移民。

## 武汉·失语之火

词条解释：

[失语] 失语者的通行证，弱势群体的集体表征。舌之渴，人之干涸，缺失话语权而空气稀薄的空间，一经点燃，便是暴力之源。

中心思想：

血已干了，舌头已沉默，
现在这里唯一的拜访者是照相机。
——电影《夜与雾》台词，1955

课文：

四月的武汉。粗粝，阴霾，水洗后依旧燥热，悬浮物闪烁，一片到处挖与被挖的憔悴。

你只是走在这个像其他中国大城市们一样膨胀的城里，除了国立武汉大学的门牌依稀吐露一点稀薄的光芒，再也找不到更多残留的细节来证明这里的不同，尽管这曾是你的父辈们多么荣耀的革命之都。

你不过是想考察一下这里的城中村，看看这些贫困人群聚居的村落如何在欲望丛生的建筑工厂夹缝里生长。

熊家咀。刘家咀。刘家村。东湖新村。方家村。

最后来到赫赫有名的小何西村。有名，并非因为什么古迹的盛名，而是由于一轮轮拆迁洗刷过熊家咀等地后，这里成了无处可去、逃离的人群某种意义上的"诺亚方舟"。人们逃离，聚集，在这里又一轮落地，生根。和新聚集人口一样急剧增长的是房价、消费，还有村民的火气。

很显然，诺亚方舟也将是下一个被洗刷的拆迁地。

当你和你，和你，还有你，带着笨重的机器找到了这个传说中"刁民"遍布的小村落，呈"丫"字形的聚居地门口的派出所，房间空空，警察不知去向。

萧索的空气，微妙移动的人群。你也许觉得是走进了公路片里废弃公路边一座阴森的小镇。

你拍照、打听、记录，找到帮助学生搬家的司机搭讪的时候，不会想到看见你们这些外来闯入者大张旗鼓"咔嚓"的女人们已经暗自去找来了健壮的男人。

你和你一路观察，兴奋地一边拍一边走到岔路尽头的时候，不会想到其实在另一条岔路你的同伴已经被幽灵一样闪现的警察严重警告：正是小村子的危险时期，务必当心。

很快地，你被堵住了。

你被拦截了。

你被质疑是记者，即便你亮明身份：只是为了做调研作业的学生。

你被跟踪了，后面是虎视眈眈看着你危险相机的村民。

你生平第一次被数百人的人群围观。你和同伴从没有这么紧张，却只想先护住相机。

你偷偷替换掉了相机卡。你为了躲避怀疑的人群，甚至走进一家小店看起 A 片，伪装成闲逛学生。你转身走进出租漫画的小屋只想躲过跟踪的人群，却听到店主说，要出事了，赶紧走吧。

你手一抖相机卡掉进了裤子。

你小心护住相机包，却没能来得及躲开伸上来抓你和你相机的一双双手。粗糙的，细嫩的，干裂的，健壮的，苍老的，有文身的，伤疤刚刚愈合成焦黄的。

你耐心地解释，礼貌地询问，你试图相信理性和道德的力量。至少你想知道，这一切是为什么。

聚集的人群，你是多么熟悉又陌生，就在刚才，还是卖鸡翅的老板、理发店的店家、学生公寓的房东、买菜的村民、街道办的保安，亲切如乡亲，但转眼变了脸，无一例外围住你，盯着你，叫喊着相同的调调。

都拍了的。他们都拍了的。必须删掉。全部删掉。

要死人了。要流血了。

或许，你在某个瞬间脑海闪过的是红卫兵群情激愤，高喊口号围堵你。

你看到围观你的男女老少，面相凶恶漠然，声调简单一致。群众的逻辑此刻变得异常简单：甭管你记者还是学生，重要的已经不是你的身份，而仅仅是，无论动用什么手段，决不能让你们带走任何一张有这里房屋建筑的照片。

你面前的老太太一着急，掀起了裤子给你展示伤疤针眼，只是为了告诉你她有重病即刻容易发作，而威胁你，唯一的办法是你听她的话删除信息，赶紧走人。

你旁边的中年男人唾沫横飞，永远只重复着一句简单的话：

不删就把相机砸了。不删都砸了。

你背后走来照相馆的女老板，写满经验的鱼尾纹一挑，你就接到了最新的残酷指示：全部必须格式化。

你拉拢面容温和的老人作证表明你已经删除干净，却被冲过来的小混混惊悚一掌抓过去，锁住喉咙。

你，你，你，还有你，惊呆了，终于意识到这并非公路片，不是打斗真人秀，也不是群体事件的新闻再现，而是活生生也可能血淋淋的现实小村落里千真万确的情境。

你被强行捉住交了证件交了相机。你被搜出了日记本一页一页检查。

而你眼睁睁看着已经逃到村门口的同伴被追上来的人群生生从出租车里

拉了出来。

你望着眼前这些年龄与父母叔爷相仿的人们、蚁族的房东们、小何西村暴躁的住户们，吞下了最后再也无法引爆的嘶喊。

这不是一个你踽踽独行想要找到的言论自由如空气般自然的社会。

所以你不能想拍就拍，想说就说，想记录就记录。

这不是一个人们安土重迁就可以守住土地，何况土地还不是自家姓的时代。

所以你不得不背着炮筒，当当炮灰，"被伪装"成政府的建筑规划专家，在暴民的包围圈里缴械投降。

这只不过是个孤岛一样的城中村。村民建私房，农民工打工，下岗工开店，蚁族租房，弱势群体与弱势群体唇齿相依，在脏乱差的村落里小心翼翼守住一点生存的权利。

直到，城市、建筑、人群、阶层，被一轮又一轮重新洗牌。直到妖怪一样的城市，继续狂飙突进，涌入城市的陌生人们一遍遍刷新着失业率。直到房地产广告牌上也在宣告：这个城市不是缺少精英，而是缺少精英的圈层。

精英继续是精英，李刚继续做李刚，而村民变成访民，访民被赶成流民，流民则成长为暴民。在波澜壮阔的圈层大戏里，生存已经被缩水，你无法想象疲乏的现实里原来也可以看到这般荡气回肠的桥段：孤岛禁锢闯入者、制度培育施暴者，暴民雇佣黑社会，一些官员也买通流氓，当黑社会与流氓争斗的时候，你看到死去的不过是一群群逼不得已的可怜人。

你听到嘶喊的不过是每一个为生存战斗的普通人。他们并非沉默。

然而，你永远听不到，一句不再害怕、自由洒脱的：你好，小何西村欢迎你。

## 台北：眼睛哑了，耳朵盲了
台湾人李志铭说，最让人震慑的声音，其实是静默。

他是一位穿越时空的声音猎人。他细致研究并记录了台北记忆的声音简史，以期重建那些遭人忽略的音景（soundspace，与地景对应，由城市声音构成的景观）：一九三〇年代日治时期的台北老唱片之声，月夜愁，雨夜花；早年淡水小镇女校和牛津学堂的手摇钟声；村庄里集市小贩拿来叫卖猪肉的吹螺，担仔面小贩"咔咔"的响板声；老一代所熟悉的还散发着海腥味的日语童稚之歌，我是海之子；台北莹桥河畔露天歌场，外省军民聚之而听之，那些国语歌曲消融的黄昏；昭和诗人粟原白在《大稻埕小夜曲》中所调度的那是另一种台湾的听觉：乌龙茶香中艺妓吟唱，胡琴如泣，亭仔脚的人影背后闽南语与日语交错低回；城市机车、脚踏车、火车及早年风行的台风牌车，那种切断过去和未来，只掌控现在的销魂节拍。

台湾作曲家许常惠，捕捉台北夜里盲人按摩师手杖敲打寻路、口衔盲笛、沿街吹奏的那种暗哑之声，组成叫做《盲》的长笛独奏曲——就算黑夜盲了，声音偶尔还能被看见。

战后五十年代的台北声音，则交错辗转而来的南腔北调，直到夜晚，都化为同一种缠绵——武昌街的夜巴黎舞厅从不缺少的老上海情调之音《天涯歌女》、《秋水伊人》；深情款款的家国镜像和乡愁，却俱在幻象。

一九八四年，有人甚至精心总结过台北市摊贩的叫卖模式：那时已经逐渐消失的闽南语叫卖"烧——肉粽——卖烧——肉粽"，山东口音的"馒头——大饼"，及收破烂时扩音器、录音机并用的"报纸倘卖无——簿仔纸歹铜"。

我在台北的接待家庭客厅里见过一款老式收音机，就在当年来自湖南的外省人之家，可能正好播放过李志铭提及的西门町民本电台节目，一曲《台北上午零时》：

> 红灯绿灯灯光微微，风送烟酒味……夜夜酒杯那捧起，面笑心内悲……啊，醒醒的城市，台北上午零时。

上午零时，那便是夜的开始。黑暗遮蔽一切，也释放一切。此刻的台北比之白昼里的义正词严和正襟危坐，终于多少松懈一点。它一发出声音，立刻显出暧昧不明，再吐露一点模糊的密语。它是不得已的落脚点，由人的脆弱之处、破碎之处生长出来；在广袤的陆地和海洋之间，逼仄的岛上，它是借来的土地和借来的时间，就和另一处位于入海口的弹丸之地一样——维多利亚港同时流转的灯光、浪潮、人流和幻影，时常在夜里，变得意味深长：既是借的，总归要还。

我想象过无数种典型的台北声音。无论是早餐店锅里蛋饼刺啦、夜市臭臭锅咕咚咕咚、捷运洞穿地下黑暗和风的轰隆、西门町人声交错重重、还是年轻人的机车夜冲到海边看日出的嗒嗒突突，少年破口"干"和"靠腰"、出租车司机开口国事滔滔，还是过去威权震慑的喇叭余音、如今中正区凯达格兰大道的社运现场呼喊此起彼伏——似乎哪一种都不能完整勾勒台北的声线。

二〇一〇年夏，台北的接待妈妈领着我在淡水老街做按摩。老店门口聚集阿妈阿公们三五拉家常，柔软的闽南调和客家话耳鬓厮磨。

店里帘子拉上，世界就被关在外面。

里面，按摩的是个盲人，叫阿鸣。黄昏的晦暗里，他专注而自由地敲打骨骼和关节，竟然令我觉得时而如老式打字机声、时而如内在节奏诡秘的电报声。他好像在书写密码，拿捏着遍布全身的文字的命迹。起伏一下，一个字喘着气活过来。

他不说话，如果向他发问，只会闽南语的腔调"嘿"的一声，然后谦和地笑开。但他好像还是在用手"说话"和口述，那些指尖触碰痛处的节奏如活字印刷手艺似的精密。猛地一根筋络尖叫起来，中断那些细碎的节奏，他的手指就把真正的沉默钉进我的骨骼里，无声蔓开。

快结束时，另一位按摩师的声音传进来：阿鸣的技术都是狱中练出来的。一九七几年来着？进去的。他过去看得见的，只是被打瞎了。这位小姐好奇的话可问问他本人。

阿鸣其实很老了。手臂上沟渠纵横，据说，他胸前还有秋海棠和"精忠报国"的刺青。过往的他，先是戒严时期嘴巴"瞎"了，进牢里，然后就眼睛瞎了。可他不承认，总说自己没瞎，只是眼睛哑了，本来看书能和书本交谈现在却不成，而已。这下耳朵便不能盲了，他得靠耳朵识别骨骼、关节、穴位和那些骨头里的秘密音节，并且用手和其对话。

最后是足底按摩，阿鸣直接跟我的脚对话。

那是更细腻的声音实践。我感到脚底肌肤里藏着的无数条小舌头，那双手在挨个嘘寒问暖，安抚他们。我听到阿鸣的手问他们，你们都和哪些土地说过话啊。小舌头们便不可控制地抖动，回应起来，一字一句都是痒的。

最终连同大脚板涌泉穴和骨骼也唱起歌来。

临走时，阿鸣终于开口，你是祖国那边来的吧，儿化音小姐。

我怔住。听过叫"大陆"、"海峡那边"或"中国"的，第一回听到叫"祖国那边"的，我搞不清楚他是苦涩的认真还是某种善意的暗讽。即便故意模仿我的音调，他的那个"儿"的发音，也同每一个台北人发音数字"2"一样，嘴巴难以打开，舌尖嗡在齿后，像一张简明的话语卷标，存证他的身份。我笑笑说，老伯，您说的是哪个"祖国"呢？

阿鸣眯眯他已经哑了的眼，笑而不语。祖国，这个深重又浅薄的词条，或许是他身为一九四九迁徙大军后代一份子牢记至今的信条，或许是他在戒严时代的童年接受教育的概念，又或许是迫使他遭受牢狱之灾的罪魁祸首。

我想那些爬行全身、钉进骨骼、抚慰足底的沉默，才是多么独特的大台北的声线。倒扣的地图、古老的敌意、想象的共同体，那些逝去而未去的伤痛、失而复得而不得的记忆，盘旋在"宪法"、历史书、公民课和台湾人的唇齿间。

> 永别了，爸妈与阿公阿妈的语言，这粗鄙的方言。
> 把中文说好，对我日后事业发展更有利，我才不要这该死的南部口音。
> 我要成为正港（闽南话，意为地道、纯正、正宗）的中国人，才能一辈子飞黄腾达。
> 我是个戴着中国面具的台湾小孩。

这是台湾漫画家林莉菁的自白，另一个曾经眼睛哑了、耳朵也盲了的孩子。在其自传漫画《我的青春·我的FORMOSA》中，"缝上新舌头"是一个被蒙住双眼、捂住耳朵，"被失忆"的小女孩历经威权机器的改造之成长经验——在披着"自由中国"外衣的一九七○年代"党国"台湾，家人的福佬腔、闽南语纷纷让位，老母鸡地图置换脚下的土地，"忠党爱国"、"服从权威"、"独尊中文"则成为不明所以的必须。

割下旧舌头，已然死了一次，缝上新的，方得新生。

有一天，当这个操着标准国语买糖果的小女孩被老板问道是不是外省小孩时，她本以为会因变正港中国人高兴，却心感苦涩。最震撼的一个画面是，五官没有了，身体不见了，唯有头和手在风中飘摇。幽灵一样的身体碎片和口舌还在重复：ㄓㄔㄕㄖ（zh、ch、sh、r）……

就像回到某个时候。

曾经动辄鸣响的空袭警报汽笛一响，可以令所有声音九九归一，即可抽空整个台北，车辆、人群，全都消失。在这巨大的噪音里，噪音变成静默本身，冻结人们的听觉和视觉。

眼睛哑了，耳朵盲了。

台北仿佛从时间里停顿了，暂时沉默了。这座警备状态的岛、城市，在预备的似乎并非某场被编上序号的防暴演习，而是一次历史浮动岁月的清空。每清空一次，这里定会少了些什么，却没有人说得清那究竟是什么。

李志铭也说，吊诡的，沉默其实是一种揭露，它存有喧嚣当中最深刻的声音。


## 香港：哑巴能唱歌

香港，不是我的起点，亦不是终点。但我知道这是我继续写字和走路的基点。我的间隔年早已结束，旅行却似乎刚刚开始。路线出于香港，又归于香港，感觉像跟地球打了一架。为什么偏偏有这样一站，小渔村变成大港都，有时是珍珠，有时又是畏途。每个人都轻轻地来，正如他们轻轻地走，挥一挥衣袖，恨不得带走所有云彩。

也有一些例外。穿梭在香港的这些年，总能遇见些不像香港人的香港人——他们被遮蔽在警匪黑帮港片、国民教育同胞论述的背后，他们不是成龙、华仔、李嘉诚，也不是昔日大佬陈惠敏。他们甚至可能并无香港特区护照，一辈子也不见得有什么机会到海外以香港身份转转；他们在市集叫卖，在平常人家做工，他们可能住劏房和笼屋；他们可能在边境禁区生活大半辈子，到过深圳没到过中环。

在阿高那里，他们可能叫小香港人，远离大香港论述和迷梦，"未必有钱，未必美丽，有时甚至骑呢（即古怪）到晕"；在李香兰的丑公仔画里，他们可能是庙街的塔罗歌后，可能是西贡渔村的肌肉男救生员，也可能是平民夜总会里的少数族裔。前者的书，让我在某个不知名的午后鼻腔酸了很久；后者的画集被我搬回家，每每出门在犄角旮旯儿里"寻人"时用作手册对照，喔，看看天水围的姊妹花、热爱星相和卡拉OK的的士司机。

但我此刻要说的，却是另一种不是香港人的香港人。

在"叮叮"车上遇到她。前半程很安静，我一度以为坐在我旁边的她，并不是开口的人。至少在她接起一个电话的五分钟内她没有说一个字。却在帮我捡了掉落的包后，她从一句"你长得像我朋友的女儿"的英文开始搭讪之旅。

她竟然能够并且愿意讲话。如果不能用手舞足蹈来描述，我会担心其他词条不足以捕捉到她话语闪光，而身体同样如此的时刻。

这是一个出生于一九四九年的菲律宾女人。一九七八年，她第一次到香港做佣工，十年后嫁给在香港的巴基斯坦人。令人惊异的是，就在"叮叮"车上，她拿出钱包中的一沓照片和证件，展示给我看。

看，这是我的丈夫，我们的结婚照。那条黄白色裙子可贵啊，背后的拉链当时其实是开着的——因为我的赘肉实在太多。一个好心的香港人躲在我的裙子背后帮我撑着，让我们拍照。你知道，那可是夏天啊，我知道他很热。香港很棒，香港人很棒。

看，这是我和我的姐姐。她死在一次暴动。我很后悔，没有在她有生之年带她到香港来看看。这个神奇的地方，真的很多惊喜。是的，她语言不通，甚至连英语也不会。但我刚来这里也什么都不会说。我曾是个哑巴，很蠢的哑巴。但我相信，现在也相信，只要有嘴巴，能发出声音，无论怎样都可以学习说话。我现在会粤语、英语，会一点日语，喔，普通话能说一句——嘘，安静点。

喔，你问我在哪里学的吗。这是我第一次去广州时学习的。在那里办手续，找那个漂亮的小伙子教我的。我知道这很奇怪，我没有学习大家都会的，我叫什么，来自哪里。那是因为我不想总是把它们挂在嘴边。当然，你如果问我，我很乐意告诉你。

是的，我热爱香港，就像我的朋友们不热爱香港一样的。她们只喜欢周日的香港，中环站，想做什么都可以，算命、打牌、倾偈（即聊天）、吃东西、聊男人。但你知道，那不是真的香港。我知道我们在一九九五年差一点有自己的房子，结果再没有机会。现在我租房子住，很贵，但我还可以卖东西。是的，我很多年没有做工。我流产过，现在没有自己的孩子，这让我遗憾。

但是我喜欢自己找点乐子。我很疯狂的。我喜欢从尖沙咀站出发，选择任意路线的港铁，到港岛，到新界，但是每个站都只是下车去看看，不出站就不必扣钱，最后再回到我的原点。我看看人群，听听他们讲电话，聊天、恋爱、吵架，看看每个站是什么颜色——是的，这令我疯狂，我记录了香港每一个港铁站月台的颜色。红磡和中环是红的，天后是橙的，九龙塘是蓝的，湾仔是黄绿的，观塘是绿的，铜锣湾是紫的，深水埗是墨绿的，钻石山是黑的，还有银色的"钻石"呢，至于彩虹站，真的是彩虹。我很高兴我现在地下走遍了香港，每一个站我都去过。我总是在等待机会，有一天也可以等到机会到每个站的地面看看。

是的，我热爱香港，我也热爱菲律宾。但你知道，这不一样。我爱一个人，并不是要占有他。我现在也没有永久居港权，我拿菲律宾护照，我有香港身份证，但并不阻碍我当香港人。我会在这里养老，今天我正要去澳门看一位朋友，为了告诉她我将继续留在这里，不会和她离开。

喔，天哪，已经到石塘咀了——我坐过了站，我是要到港澳码头的。

终于下车了。她站在能看见西环码头的地方，给我看了她的每一种证件，为了证明她"说的都是真的，从不骗人。经常不说话，但一开口一定是实话。"

我把这位能倒背如流港铁每一站月台颜色的菲律宾老太太送到原路返回的叮叮车站。她几乎激动地哭了。

我说，感谢你的分享。其实你很擅长讲话。

她说，我丈夫昨天刚过世。他希望我不要对着墓碑沉默，而是对着活人讲话。我会在香港过得很好，我热爱这里。谢谢你听完全部。

一开始，陌生的她热情展示各种"证据"讲述故事的时候，我还不会确认相信她，我几乎怀疑过这些都是她"行骗"或"推销"的某种前奏；直到她在我面前突然哭了，她一共至少说了六遍她热爱香港。虽然没有身份，没有房子，没有孩子，连丈夫也离去，她却说愿意留下，而非离开。我知道仅此一程叮叮车之旅，我所知的她多么片面而简单，或许在那些不为人知的部分，还有这个不是香港人的香港人更多的爱的秘密。嘘。

本书特别致谢

Up with People Organization & Cast B 2010
台湾青年壮游家大募集
北岛老师
Dr. Kristof Van Den Troost（比利时）

台湾：王政显／陈米易／江威／李佳达／吴俊谚／张志富
香港：阮志／罗嘉豪／何家乐／吴伟铭／许骥／柴子文
内地：熊猫团＋九七／叶伟民／秦玮／刘迟／庞小瓷／王欢／阿当／刘志毅／马昌博
美国：谢铨／Brandon Serna ／ Nelson Chiu ／ Dru Svoboda
芬兰：Marjo Yli-Koski
加拿大：Cheung Alexander Wan Wah
瑞典：Annicka Lundin
墨西哥：Paco Garcia Bellego ／ Jose Miguel Suarez C
德国：Josephine Staudinger
日本：Akiyoshi Kubota

不存在的旅行　　柴路得 著

责任编辑　　米乔
书籍设计　　typo_d

出版发行　　**生活·读书·新知 三联书店**
　　　　　　北京市东城区美术馆东街 22 号
　　　　　　邮编：100010
　　　　　　电话：010 64001122-3073
　　　　　　传真：010 64002729

经销　　　　新华书店

印刷　　　　北京瑞禾彩色印刷有限公司
版次　　　　2013 年 8 月北京第 1 版
　　　　　　2013 年 8 月北京第 1 次印刷
开本　　　　170×230mm　1/16
印张　　　　15.75
字数　　　　150 千字
印数　　　　4000 册

ISBN　　　　978-7-108-04634-5

定价　　　　48.00 元

图书在版编目（CIP）数据

不存在的旅行 / 柴路得著. -- 北京：生活·读书·
新知三联书店，2013.8

ISBN 978-7-108-04634-5

Ⅰ．①不… Ⅱ．①柴… Ⅲ．①游记—作品集—中国—
当代 Ⅳ．①I267.4

中国版本图书馆CIP数据核字(2013)第171593号
- - - - - - - - - - - - - - - - - - - - - - - - - -

鸣谢新鸿基地产和香港三联书店对此出版计划的大力支持。

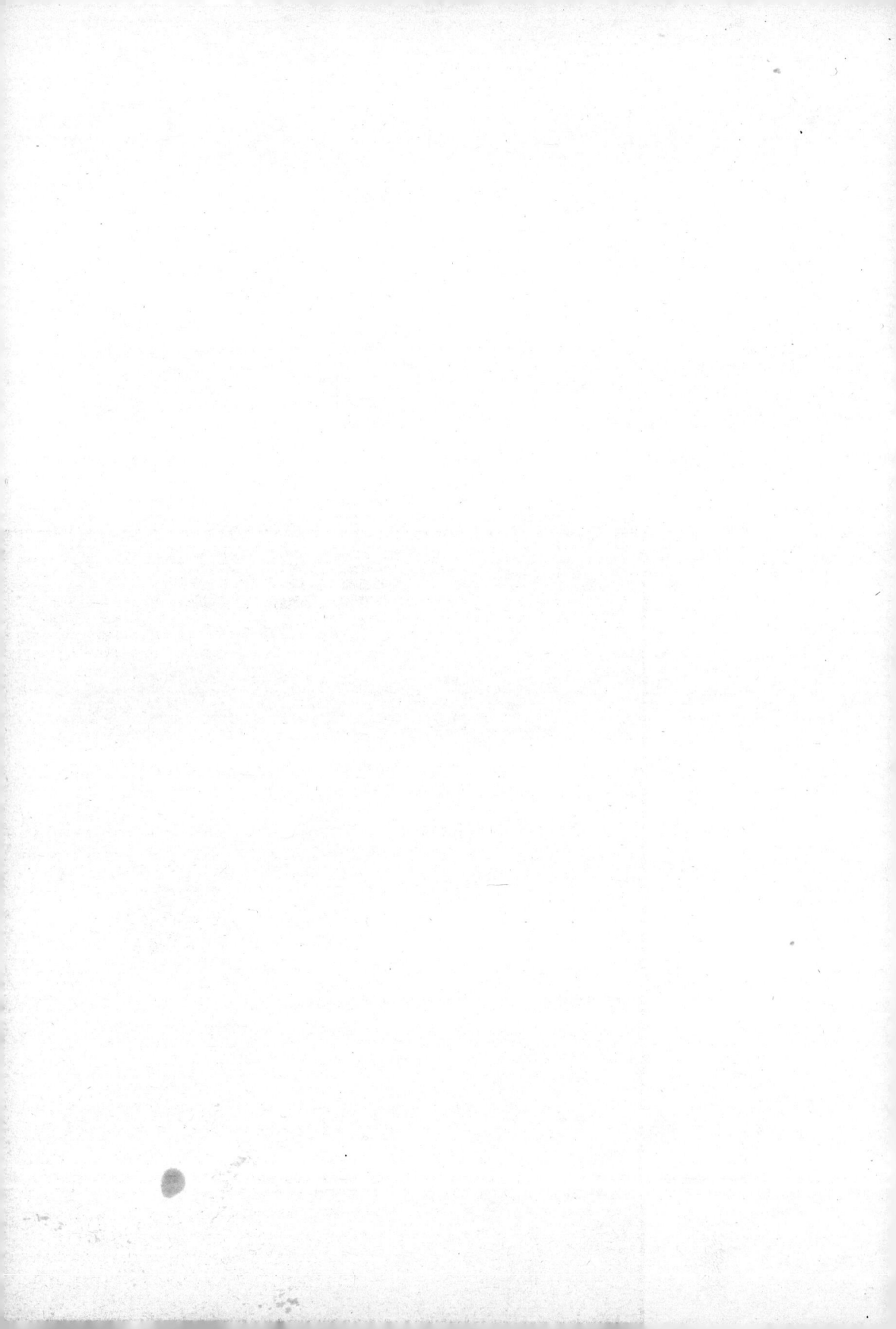